蒿　峰　山东鱼台人。史学硕士，先后就读和任教于山东师范大学历史系、山东大学历史系。1989年后任职于山东省农业委员会、山东省人民政府办公厅。历任山东省人民政府副秘书长、研究室主任、办公厅主任，山东省人民政府党组成员、秘书长、办公厅党组书记兼省社联副主席。现任山东省人民政府参事、山东诗词学会常务副会长。发表历史和农经论文30余篇。出版专著有《听它们讲》《故圃杂花》；诗词集《云起楼诗存》《山左履痕》。与他人合作编著《中国皇帝全传》《中国皇后全传》《山东农村改革二十年》等书。担任大型丛书《山东地方文献集成》《山东通史》副主编。

雲起樓詩存

续集（上）

蒿峰 著

山东人民出版社·济南
国家一级出版社　全国百佳图书出版单位

图书在版编目（CIP）数据

云起楼诗存：续集/蒿峰著.--济南：山东人民出版社，2020.7
ISBN 978-7-209-12599-4

Ⅰ.①云… Ⅱ.①蒿… Ⅲ.①诗词－作品集－中国－当代 Ⅳ.①I227

中国版本图书馆CIP数据核字(2020)第097981号

封面题字：李刚田
责任编辑：王海涛
助理编辑：谭　天
装帧设计：李海峰

云起楼诗存：续集
YUNQILOU SHICUN：XUJI
蒿峰　著

主管单位　山东出版传媒股份有限公司
出版发行　山东人民出版社
出 版 人　胡长青
社　　址　济南市英雄山路165号
邮　　编　250002
电　　话　总编室（0531）82098914
　　　　　市场部（0531）82098027
网　　址　http://www.sd-book.com.cn
印　　装　山东新华印务有限责任公司
经　　销　新华书店

规　　格　16开（160mm×240mm）
印　　张　33.25
字　　数　300千字
版　　次　2020年7月第1版
印　　次　2020年7月第1次
ISBN 978-7-209-12599-4
定　　价　158.00元（上下册）

当前旧体诗词的传承、提高和发展（代序）

蒿　峰

以习近平同志为核心的党中央非常重视中华优秀传统文化的继承和弘扬，将其作为建立文化自信、促进中华民族伟大复兴的基础性工作扎实推进，为中华民族传统文化在新时代的继承、教育、弘扬提供了难得的历史机遇。作为中华优秀传统文化重要的组成部分，旧体诗词的创作和繁荣也迎来了浩荡东风，呈现出百年来前所未有的繁荣。由此也可看出中国诗词的魅力亘古不变，每个中国人心中都有一个诗性的自己。诗词已成为中国人血脉中的文化密码，它在一定的历史条件下只可能蛰伏而不可能消失。

作为一个旧体诗词爱好者，我为旧体诗词的复兴而欢呼。今年四月份以来，我参与山东诗词学会的领导工作，接触了不少旧体诗词界的朋友，对诗词创作的现状多有感触。就全国来看，各地都有一支高水平的诗词创作队伍，为诗词的普及发展提供了良好的社会基础。山东省是诗词团体众多、活动频繁的省份之一，涌现出一批批的优秀诗人和优秀作品。面对新的时代，如何主动适应波澜壮阔、绚丽多彩的生活，如何提高诗词创作的水平，依然是一个永恒的主题，需要从理论上、实践上坚持不懈地探索和努力。

旧体诗在历史上是读书人科考的一门功课，同时也是知识阶层抒发感情的一种文学形式。随着科举制度的废止，旧体诗走向低潮，社会上也不承认它是一种文学形式，转而“别求新诗于异邦”。自西方传来的以白话为体的新诗则稳稳地占据了中国诗歌的神坛，风靡百年。旧体诗的复兴与它的衰落一样，是一个自然过程，与社会历史的发展变革有关。它的发展目标不是超过新诗，夺取新诗的地位，而是与新诗共生、共存、共荣。相对于新诗，旧体诗没有表现形式的自由，它对作者各方面的素养要求更高、更广。就像京剧一样，一招一式，唱念做打皆有定式，必须在继承中提高。要成名角，何其之难！要写好旧体诗，除了严格继承传统，还要勇于向新诗学习，尤其要学习新诗的表现手法和韵律。新诗也要向旧体诗学习，互相借鉴，以彼之长补己之短。这不仅是我，也是所有写旧体诗的人必须清楚且长久为之努力的。

诗贵情真。抒发真实的情感不但是诗词，同时也是一切艺术形式的生命线。诗词因其一唱三叹的音律，因其凝练的词句，因其辞简情深的特点和传统，对“真”的要求更高。传世的优秀名篇，不管表现的是永恒的爱，还是骨肉之情、朋友之情、家国之情，无不字字泣血，荡气回肠，直撞人们的灵魂，虽千年而不易。其生命力在哪里？就在于一个“真”字，真情引起人的共鸣，感动人、教育人、引导人。“诗词最是多情物，矫语虚容莫进门。”为写诗而写诗，就会出现选题的庸俗、意境的肤浅、无病呻吟的虚情、词藻堆叠的熟滑，最后必然使人感到酸腐和厌恶。这是旧体诗坛的一大公害，是开倒车，诗词创作必须警惕。

要百花齐放，更要良心责任。在诗词这个百花园中，从来都是姹紫嫣红，香气浓郁。没有兼容并包，没有花木的多样性，没有野花瑶草、凡种仙葩的共萃一园，就不会有满园的勃勃生机。诗词的各种体裁，表现上的各种风格和流派都有存在和发展的理由与空间。综观所有的诗词表达，无出乎“小我”与“大我”。“小我”更多地专注于个人内心的自省，而“大我”则关乎家国情怀，关乎大地与黎民，关乎良心和责任。“小我”永远需要，诗词不能少了风花雪月、小桥流水、伤春悲秋、小情小调、浅吟低唱，它能给人以内心的丰满体验，给人以宁静和陶醉，或者给人以美的培养，进而达到自我的修复和完善。在历史留给我们的浩如烟海的诗词歌赋之中，这类诗词仍然有着不竭的生命力，其发展主要应当避免的是空泛、矫情和造作。个人的空间里传达的应是真实完整的美感。

但最为重要的是，旧体诗词的创作，必须关注时代，关注脚踩的大地和生活其中的人民大众，这便是“大我”。自《诗经》三百篇始，中国诗歌史始终贯穿着一条现实主义的脉络，每个朝代都有一大批现实主义的诗人。他们立足时代，植根于大地，关注民生疾苦、国家治乱、人类命运。他们的作品充满忧愤和呼喊，表达出个人的豪情抱负和对于国家民族的责任担当。这类诗人以杜甫和苏轼、辛弃疾、陆游、文天祥为代表，在旧体诗词的文脉中构筑了中华精神的脊梁。他们诗词中的“大我”，在诗史上耸起一块块丰碑，鼓舞和引导一代代志士仁人为人民的福祉而奋斗，为民族的自立富强而献身。在我们这个伟大时代，旧体诗词创作依然传承着现实主义的传统。我们正在创造历史。诗人要用诗的叙事固化我们前进的脚步，留下传唱千古的杰作。为责任而创作，凭良心而呼喊。心灵的壮歌应是发自肺腑的诗性体验，而不是简单的诗性故事和诗解新闻。可以期待，诗人责任意识和使命意识的觉醒与强化，势必在诗史上形成又一个现实主义传承的高峰，产生一批脚踏实地、有报负、有风骨的现实主义诗人。

没有规矩便不成方圆。旧体诗词是特别讲究规矩的文体。规矩森严成就了旧体诗词永恒的美感，但也使现代人望而生畏。对于千百年来写诗填词所遵从的规矩，自然应当尊之敬之，不然就写不好旧体诗。“诗之有格律，犹出入之有户，用法既久，渐入纯熟，乃真自由。”几十年来，对旧体诗律韵进行改革的实践一直在进行。声韵的改革主要是针对现代人语音的变化，推行新韵，以便于人们学习，便于普及，推进诗词创作。新韵与传统的声韵并行不悖。与声韵改革相对的，是有一部分人在坚守旧韵和老规矩的基础上，对格律进一步作僵化处理。本来已经非常严格的格律，他们又摭拾零碎、增设门坎，进一步细化、严化，使清规戒律越来越多，越来越细。比如要求诗词不能有任何出律的地方，哪怕影响表述也不能擅越雷池，一首诗词中绝对不能有重复使用的字，等等，使人备感困惑。我们读唐人的诗，可以发现，为了表达的需要，个别地方出律不为毛病，许多彪炳史册的诗人也曾这样做。宋词中，一个词牌有许多变体，即是灵活掌握而产生的不同变化。这些变化不是大规模地颠覆规矩，而是在严守规矩的基础上，使诗词更利于完整表达感情。为什么唐人宋人能灵活掌握的，我们却不能灵活呢？为什么唐宋没有的规矩，我们却要创造出来进一步束缚我们的手脚呢？我觉得这种日益发展的教条化会损害旧体诗词的活力，走上自己扼杀自己的创造力、自己打垮自己的路子。毛泽东主席说过，旧体诗词要发展、要改革，一万年也打不倒。如果自作高深、矜奇炫博、偏执雕琢、自设藩篱、窒息生机，旧诗仍会像新文化运动中那样被人称为“迷恋骸骨”，而自己打倒自己。我认为，唐人宋人能够灵活的，我们就能灵活，换言之，唐人宋人犯过的“错误”我们也可以犯。这样，旧体诗词创作才会增加人气，进一步普及，才会繁荣。

2019年10月

总　目

目　录

目录

第七卷 秋窗夜雨 133

目录

第五卷

九曲听涛

参加莱西村级管理研讨会

（1990年）

分田到户自经营，
集体空空虚剩名。
管理乡村兹事大，
莱西探索费论评。

大量征用农地堪忧

（1992年）

立国千年农为本，
田家垄亩命之根。
离乡失地打工苦，
老病无依怎得存？

注：我曾专门研究农民土地入股政策，并撰文发表于《大众日报》1993年9月14日版。

诸城贸工农一体化调查

（1992年）

储产生鲜到贩庸，
诸城经验贸工农。
龙头带户避风浪，
种养齐荣多业丰。

诸城企业改革调研

（1994年）

亏空负债险关横，
绝地穷思求自生。
股改确权新体制，
花开枯树又春荣。

总结莱阳农民专业合作社经验书后

（1995年）

果菜难销烂地头，
一年大卖一年愁。
联村办社共同闯，
斗浪抗风争自由。

注：农民专业合作社可以帮助解决农产品不适应市场风险的问题。

生查子·读聂绀弩诗集

聂老性情真，句句诗中见。旷达说牛棚，荒谬曾经现。　　善美污泥下，生又当何恋。留此史家诗，耿耿明如电。

微山湖治污成效显著

（2005年）

昔我至湖岸，
伤心看凋零。
河水如墨色，
条条臭气浓。
过者掩口鼻，
虾蟹皆绝踪。
生活饮水困，
人畜怪疾生。
壮士断其臂，
污染齐关停。
还我空气美，
还我山水青。
今日来湖上，
湿地荷气馨。
水净鱼虾跃，
莲绿芦荻萌。
调水南来远，
清流向北京。
治污百年计，
铁腕不能松。

忆秦娥·金山坝抗洪

汛情烈，风狂雨骤汶河决。汶河决，东平湖溢，田庐将没。　　金山坝上守如铁，陈家口外疏洪泄。疏洪泄，民家三万，免为鱼鳖。

急赴平邑矿难现场（新韵）

平邑晨间频震发，
又传石膏矿坍塌。
井深地下伤亡暗，
抢险寻人理乱麻。

夜读中国现代史手记（十二首）

（1997年）

其一

逊位清家帝业縻，
江南塞北大王旗。
小民难解倒悬苦，
风雨如磐盼日曦。

其二

苦斗多年志不行，
中山悟道结新盟。
礼邀陈李谋同进①，
联共联俄建大营。

①陈、李，指陈独秀和李大钊。

其三

七宗八派说纷陈，
革命何途主义真。
中国药方中国找，
润之赤脚问农人。

其四

堵截围追步步愁，
湘江恶战血横流。
红军八万剩三万，
通道挥兵下贵州。

其五

杀戮红区化草夷，
鄂湘闽赣苦支持。
忠魂水口杜鹃艳，
碧血长汀染桂枝[1]。

①红军主力长征后，留在根据地坚持斗争的瞿秋白、何叔衡分别牺牲于长汀和水口。

其六

外患未平平内争，
前嫌暂弃树旗旌。
西安逼蒋暂容共，
抗日联盟战线成。

其七

通电整军同一心，
黄河夜渡马骎骎。
雁门关外杀强敌，
处处狼烟报捷音。

其八

抗敌汉营犹二心，
皖南烟雨雾沉沉。
前封后堵长围困，
云岭忠魂壮士吟。

其九

延河水秀塔高雄，
五月延安大整风。
批判三风强党性，
为收全国备长弓。

其十

牯岭烟云幻化残，
寒星灯火映阑珊。
批彭突转航图变，
路线之争又起澜。

其十一

云封雾锁盼天晴，
真理辩研标准明。
实事持真求是好，
航船拨正有规程。

其十二

烂柯世事一盘棋，
大梦十年醒未迟。
落伍犹须强奋起，
扬鞭策马纵身追。

生查子·读近代诗史

格律固樊篱，老调何需废。千载万家吟，唱尽情和志。　　情志出真心，律韵全关体。旧调谱新歌，近古同声气。

祝英台近·历下吟

咏真情，心之句，今古无需谕。万种人生，桩桩写入谱。何分柳李苏辛，杜鹃啼血，一缕缕，皆为心吐。　　世间苦，多情死别生离，恨憔悴如许。历下双安，呕心千年赋。一部词史煌煌，浅吟低唱，九万里，风鹏正举。

忆往事（二十九首）

其一

忆少时游水遇险

蝉噪疏林暑气生，
心期放学运河行。
水深过顶鬼勾命，
侥幸游回魂魄惊。

其二

“文革”记忆

穷乡革命火熊熊，
学校无人教室空。
批斗先生除“四旧”，
举旗造反闹天穹。

其三

串联到县城

离校竖旗红卫兵，
学生十岁去长征。
宣传一路歌声亮，
徒步晨昏到县城。

其四

“文革”起时余还在小学

“造反”潮头起，
欢呼离学堂。
白天除“四旧”，
晚上斗师庠。
功课全停止，
狼烟几处狂。
少年知任重，
革命沐朝阳。

其五

务工

人小且当垆，
务工无少殊。
晨兴勤洒扫，
亭午苦帮厨。
身累能休沐，
心劳怎得纾？
世间风雨骤，
何处可安躯？

其六

南歌子·夏夜

夜半听蝉噪，瓜田暑气飘。星稀月落窃瓜逃，黄犬紧追惊起叫声嘈。

其七

夏夜伏窗听高兰教授朗诵

小城长夏夜，
教授诵诗怀。
一首沁园雪，
心潮如浪排。

其八

捡粪

夜色沉沉雾气潇，
远村犬吠几声遥。
粪筐已满听鸡唱，
东望寒星尚未凋。

其九

插秧

泥腿田中昼继宵，
水蒸日晒此心焦。
插秧一季千般苦，
皮曝三层欲断腰。

其十

战河工

风雪漫天干劲高，
年年水利战河漕。
千灯闪闪三冬夜，
寒透工棚吹破袍。

其十一

蹬轧花机[①]

雪卷寒林犹汗挥，
机声轧轧伴斜晖。
新棉吐白如翻浪，
踏板潮头上下飞。

①20世纪70年代农村轧花机为人工蹬踏。

其十二

鱼台二中劳动建操场[①]

夜半翻墙下，
全班战土方。
草荒砖瓦乱，
平整做操场。
月色明如昼，
汗衣凉似霜。
包干工早毕，
列阵奖旗扬。

①1971年高中入校后，正值学校扩建操场，其地为乾隆时期县城城墙遗址。各班包干分段，多有夜半不休者。

其十三

忆旧

脚架高高立，
天天爬不停。
熟心描巨作，
生手画丹青。
兄写身躯貌，
吾涂甲板坪。
深情堪久忆，
一世觉长馨。

其十四

无题

少有作家梦，
常思宋玉篇。
班中文论秀，
全校范章编。
身困穷乡土，
心飞世外天。
只今常自笑，
懵懂忆童年。

其十五

高中毕业到周堂中学任教

两年拼搏记峥嵘，
且向家乡暮雪行。
幼鸟离巢知路远，
小牛初驾计征程。
基层万事从头做，
沃土深根放马耕。
破庙人生今一步[1]，
方听雏凤秀清声。

①破庙，指周堂中学，办在一处庙址上。

其十六

十七岁初上讲台

讲坛初上眼迷蒙，
不敢抬头看众童。
教案抄完时未到，
提前下课跑如风。

其十七

忆当年美术组活动

业余课子写丹青，
两过暑期小有成。
文化长墙观者众，
周堂画组好名声。

其十八

奉调离校

园丁为我职，
岁月近三年。
工作勤为径，
过津苦作船。
晴空天宇阔，
夜雨路行骞。
仗剑尘波远，
遥遥云外烟。

其十九

生查子·济宁赴考

百里跑单骑，赴试随兄走。暮夜宿谷亭，早起黉门叩。　　画技不如人，名落孙山后。莫负好时光，灯尽听更漏。

其二十

无题

朝夕半年数，
今天是别期。
临河望远水，
南浦涨秋池。

其二十一

夜自湖腰大坝写生返程

夜来湖气静，
天外数星残。
单骑穿苏鲁，
三更马歇鞍。

其二十二

与志献同游上海

看罢浦江游豫园，
外滩灯火且盘桓。
南京路上进名店，
半月俸钱加一餐。

其二十三

闻布谷而忆当年农村劳动

天焦气燥农忙紧，
黄犊翁姑皆治田。
布谷鸣空金麦垛，
青蛙声阵率荷阡。
三餐在野轴连转，
四季包村社一员。
站会常开防困睡，
思来犹记日如煎。

其二十四

突闻毛泽东主席逝世

哀乐低鸣心欲碎，
捶胸顿足放悲声。
黑云漫挂天愁暗，
骤雨飞来地泪平。
雏燕倾巢风里唳，
楼船失舵雾中行。
后生我辈征途远，
永保江山巨手擎。

其二十五

忆毛主席追悼会

山河皆缟素，
天地作荒帷。
哀乐声呜咽，
万民同泪垂。

其二十六

鹧鸪天·雪途（新韵）

风紧雪寒朔气深，泪花雨水忍声吞。从军梦断情难断，何处能安报国心？　　前路远，且长吟，山鹰难阻过天门。时光莫负蹉跎晚，数点梅花早染春。

其二十七

江城子·七七年高考

首开科场在初冬。喜融融，心咚咚。毕业多年，功课尽成空。四化宏图人最重，齐努力，望飞鸿。

其二十八

七八年初春

早春雨露催桃李，
四化蓝图指路明。
雾散云开风景好，
红旗猎猎踏征程。

其二十九

七九年末首篇论文在《山东师院学报》发表

学报新刊墨气香，
运河疏浚论文章。
辛勤治史莫心怠，
左氏书编又谷梁。

临江仙·读《湖西肃托始末》

惨烈当年风雨骤，英雄碧血斑斑。可怜白骨已如烟。恨谁酿大劫，无语问苍天。　　今日拨云驱迷雾，昭明申他沉冤。伤情掩卷泪难干。心明记教训，烈士慰碑前。

看望沂蒙六姐妹[①]

路绝山深居僻乡，
犹知报国杀强梁。
色苍皮皱一双手，
红色江山筑铁墙。

①沂蒙六姐妹住在山高路险且偏僻的村里，皆康健善谈。

收藏市场乱象

假假真真较锱铢，
半醒半睡半糊涂。
收藏巨子知多少，
最爱蚌城和北徐[1]。

①蚌城指蚌埠，北徐即邳州和徐州，文物仿古造假市场重灾区。

石河子看望兵团山东大姐

玉关曙色染征旌，
解甲兴屯汉将营。
二万山东花季女，
苍颜相见忆峥嵘。

酒泉子·施尔明眼科医院青海草原义务诊治白内障患者

渴望天澄。何日拨开云霰。雪山高，花儿灿。施尔明。　　白衣圣手草原盼。菩萨今日见。藏家情，哈达献。瑞云腾。

读《张宗昌传》

祸鲁必齐人，
废书叹史昏。
太公当自愧，
遗此孽儿孙。

己亥与晓刚市长调研济南泉水申遗问题工竣步赵孟頫《趵突泉》韵赋七律一首以记

泉脉如轮渐失无，
清河一线入蓬壶。
霖丰勉见长流水，
岁旱常叹喷涌枯。
节用关停自备井，
开源肇建玉清湖。
世遗申报千年计，
我辈疾呼声不孤。

注：20世纪末，引黄河水供应济南而保泉，玉清湖乃黄河水沉沙之池。

参加即墨首届墨河韵语诗词大赛颁奖典礼

恍如李杜现名城，
动地诗吟听和声。
千载墨河流雅韵，
骚坛此处满天星。

考察王演庄农民红叶诗社

红叶含情我有诗，
桑间陌上觅新辞。
墨河流韵投壶唱，
报拔头筹于福芝。

注：于福芝，74岁，红叶诗社女社员，获即墨首届“墨河韵语诗词大赛”第一名。

考察即墨检察院诗社

正义公平重任当，
柔情铁血铸诗章。
廉忠为国轻生死，
墨水青山颂毓昌。

注：毓昌，李毓昌。山东即墨人。清嘉庆十三年（1808年）进士，因铁面查赈而为奸官所害。

贺日照诗词学会成立十周年

两城窑火绽初光，
海曲桑渔富洛邙。
一脉文传伯鸾叹，
诗逢盛世诵千章。

注：伯鸾，即汉名士梁鸿。东汉章帝时因作《五噫歌》不容于时而隐居海曲。《滕王阁序》有句：“屈贾谊于长沙，非无圣主；窜梁鸿于海曲，岂乏明时？”

己亥小暑到南山虽昨日大雨旱象依然山果损失惨重

南山苦旱热难熬，
叶萎花枯燥气高。
棠柿漫川青果少，
大红桃变小红桃。

山中果市

南山正是丰收季，
瓜果梨桃大叠堆。
日暮闻雷天已雨，
心忧价贱盼人来。

南乡子·感事吟（十四首）

其一

治污如天，是凡企业禁生烟。烧饼烤炉都熄灭。同罚，万事简单刀一切。

其二

治事留痕，录音拍照尽空文。形式皇皇轻落实。规律，误国空谈谁记悉。

其三

万户骚然，洋房别墅拆山前。垄上田头农舍尽。谁悯，皂白青红浑不论。

其四

惴惴难安，督查考核月连天。个个都持尚方剑。长叹，工作压头无暇干。

其五

治乱排污，严禁分散养鸡猪。不够规模都宰下。无那，致富农家空说话。

其六

故土离愁，村庄合并盖高楼。倒地指标城建用。如梦，农产民生谁恤众。

其七

错责长追，能推责任使劲推。程序合规无我过。无过，尔俸尔薪何处获。

其八

步步惊魂，车行高速气煞人。限速如龟休大骂。横也，标识不清将你耍。

其九

美丽乡村，空空街巷似无魂。万种齐全皆备具。多悟，何策安民村社聚。

其十

旧账新官，难题任你喊苍天。重整山河功在我。能躲，不涉泥潭方远祸。

其十一

会海文山，空呼削减一年年。认认真真公文转。无患，文发会开上级看。

其十二

大话多多，实诚保守必蹉跎。数字层层加重码。吹大，自有红旗墙上挂。

其十三

整治街边，谋生摊贩硬清完。划一招牌同时换。谁管，懒政伤民成大患。

其十四

问责如毛，家家对下定天条。厕所谁掏谁脏手。知否，遇到难题多绕走。

注：家有家法，党有党规，十八大以来，党中央致力于正风肃纪，党风政风大幅好转。然而官僚主义、形式主义、推诿扯皮、简单化、一刀切的现象时有发生，群众深恶痛绝。近年来，习总书记和党中央采取多种措施，逐项加以解决，取得显著效果。

奉调进京夜离济南经大明湖

月隐崇楼蜃气吞，
明湖水静照雄藩。
十年浪迹看山阔，
一片秋声听叶繁。
冷眼鸡虫梁上伏，
苦心牛马辂中援。
日升当扣京门近，
重策宏文论几番。

北京一批高等会所被查封（三首）

其一

琼枝瑾玉不为富，
阙下千金盘故宅。
天上笙歌世上无，
翩然夜降何方伯。

其二

龙肝凤脑陈犀箸，
火烛鲸脂香异绕。
覆雨翻云贾客狂，
灯红帐下仙姝窕。

其三

次第朱门经日闭，
张灯夜宴不知息。
石崇座上客如云，
且向雷霆收骨殖。

菩萨蛮·人类首次获得黑洞照片（二首）

其一

浑元初辟分天地，何时开始何时止。宇宙万星尘，茫茫彼岸门。　　先民观太乙，奉祭擎苍璧。黑洞显真容，心飞越九重。

其二

星空浩渺人何至，华章天问屈平子。世界各文明，问天不了情。　　冥冥存至道，两极无生老。旷古有传音，希声发霍金。

乡愁

乡愁何所寄，
农村已变迁。
村村成空壳，
冷冷无鸡犬。
青壮打工走，
老幼守家园。
粮田少劳者，
村舍无炊烟。
旧房皆改造，
城中再花钱。
儿时好朋友，
外出多星散。
前时搞村改，
旧庄全拆完。
记忆成丘墟，
此心无处安。
更有新村建，
多村并一居。
村民进高楼，
家家把门闭。

种地路遥遥，
无处放农机。
柴草没处堆，
不能养猪鸡。
水暖加物业，
交费不少息。
收入不加增，
支出大起飞。
这样新农村，
害民知不知。
合村与并居，
关键看富基。
一要看收入，
营生田土离。
二要看就业，
普遍有商机。
三要看意愿，
不能搞强制。
生产和生活，
诸项安排齐。
嗟尔主事者，
富民放第一。

劣顽借并村，
中饱且自肥。
更有并村者，
圈地是目的。
腾出农用田，
变性建设地。
新村是幌子，
占地是为实。
中央有明令，
件件说明晰。
害民搞并村，
严查不姑息。
当权为民牧，
民心时刻记。
切莫机心重，
虐民出政绩。
切莫伤民意，
摇我执政基。

注：21世纪初期，有许多地方提出改善农村生活条件的口号，大搞合区并村，但在农民依然以务农为主要收入的情况下，强制并村，给农民生产和生活带来很大的负面影响。党的十八大以后，这种情况得到纠正。

落实谣

些小州县吏，
为我诉苦情。
基层工作累，
疲劳目昏昏。
从早忙到晚，
任务靠打拼。
周周五加二，
日日白加黑。
所做皆虚事，
报表加留痕。
事不重落实，
精力虚耗尽。
实事求是难，
形式主义亲。
政绩最重要，
万事娱上尊。
改革与发展，
政策已明晰。
不去抓工作，
口号去创新。
换汤不换药，

揣摩上级心。
目标苦落实，
耍嘴往上跟。
宣传造声势，
文字日夜拼。
级级苛督查，
看谁笔头新。
措施怎进展，
无暇真关心。
口号有新意，
领导很欢欣。
逐级抓追责，
级级糊弄人。
正确政绩观，
多年教谆谆。
重在干实事，
习总事躬亲。
上级做表率，
制度要认真。
大政重落实，
事业方荣欣。

注：十八大以后，党中央大力治理形式主义，成效显著。但有的地方，还有少数人花样翻新、不重落实。中共大力开展不忘初心教育，工作抓落实，考核重落实，政风进一步好转。

致山东诗词学会换届筹备会诸君

灯火三更诸事繁，
条分缕析细研论。
今天播下花千种，
明日缤纷香满园。

有感某影星博士论文抄袭而作

崩坍人设瞬时间，
天道谁知重往还。
今日风光高士帽，
几多李鬼隐真颜。

山花子·进京汇报诗词学会换届事

北去长天燕翅高，春分已近嫩寒消。一片鹅黄洄岸柳。剪春刀。　　山左诗坛夸巨镇，才人辈辈领风骚。海岱惊雷龙鬣走，百花娇。

祝贺山东诗词学会换届

花繁日暖又迎春，
山左诗坛传火薪。
三百开篇文脉盛，
红牙铁板唱情真。

二〇一八年十二月十八日

四十年来风雨稠，
改开逆水勇行舟。
万民齐颂康同日，
北望京华凝远眸。

致敬鱼台文保会诸乡贤

遍走村村不畏艰，
乡邦典籍重如山。
蒐求金石补方志，
功在斯文追马班。

贺《诗坛》创刊五周年

英雄山下绽繁花，
齐鲁诗坛傲百家。
五载风云歌不尽，
自将词绪寄天涯。

于中共山东省委旧址上党课

血火硝烟渐渺茫，
小楼铭刻旧时光。
初心永驻东流水，
只有为民不可忘。

注：济南市东流水街105号，为中共山东省委秘书处旧址，1925—1927年中共山东省领导机关曾在此秘密办公。

参观高密松兴屯

生产经营模式新，
恍如韩日美乡邻。
已同城市了无异，
秋重访农松兴屯。

注：山东高密市松兴屯村为全国新农村建设典范村。

高密诗词楹联协会留题

风流代代有高才，
北海清源一脉开。
诗重情真溯诸李，
吟坛独树看新栽。

注：诸李，指清乾隆、嘉庆年间“高密诗派领袖”三李，即李怀民、李宪暠、李宪乔。

卜算子·台风利奇马过境山东弥河沿线又成泽国

暴雨豁天开，肆虐利奇马。又是弥河浊浪翻，漂没田庐也。　　去岁水长冲，膏沃成荒野。根治河梁畅泄洪，火急需谋画。

己亥八月台湾选举绿蓝皆困“独”和统

又到台湾选举忙，
你方唱罢我登场。
绿蓝皆困独和统，
怒海行船风正狂。

台北故宫博物院观《鹊华秋色图》真迹

（2010年）

芦荻萧疏岸柳芊，
鹊华秋色醉林川。
济南别驾家山梦，
犹是齐州两点烟。

注：济南别驾，指赵孟𫖯。

台北故宫博物院参加《富春山居图》合璧展出相关活动

（2010年）

剩水残山望眼穿，
劫波渡尽璧珠联。
何当再施经纶手，
两岸归同庆月圆。

注：《富春山居图》合璧展出活动由山东省企业家谭旭光先生赞助。

考察枣庄智光通信

游丝若发一豪纤，
数据天河亿兆传。
可叹泼猴无处遁，
追风万里电雷鞭。

注：智光通信科技有限公司为山东枣庄高新区高新企业，其所生产的光纤位于世界光纤行业前列。

爱湖村新农村建设面貌显著改观

街巷参差遍地花，
渔民岸上有新家。
耕湖不受风波苦，
游购休闲多业夸。

第六卷 桃花春水

癸巳春西站送友人

回头因是用情深，
海岱山河荡足音。
天落丝丝挥别泪，
早春二月化甘霖。

席上呈友人

北天风雪嫩寒催，
南国繁花正盛开。
田舍清平心欲静，
关河令尹去休回。

西湖与爱立等好友宴集酬弟

平湖秋月映波生，
摆酒三潭饮一觥。
雨打苏堤情似带，
千山万水系心程。

无题

沧桑巨变望津门，
河海一新惊旧藩。
堂上风云曾作客，
感君长记守晨昏。

送刘峰还粤

八年东鲁喜心连，
折柳长亭意怆然。
思念常随南粤雨，
春风千里到君前。

上海见新章有寄

思君思到浦江滨，
似在泉城见故人。
沪上繁华心有寄，
情如美酒味知陈。

雨夜九华山送向阳

九华云锁雨蒙蒙，
客舍青青酒满盅。
好友相逢求一醉，
心随金辂到黄嵩。

西安友人接宴座中赋

闲身倦卧退心休，
薄暮长安叶落秋。
把盏灯前欣共语，
捷音早盼上高楼。

贵阳座上呈海峰

乌蒙北望绿葱茏，
雁字排云入碧空。
惟有乡音逢客问，
湖西风物待归鸿。

丁酉春济南送友人

早春北地尚轻寒，
桃李花开花又残。
沅水方闻泺流远，
箫声已碎大河干。

丁酉早春南京别友人

北地残寒积雪氤，
金陵风暖小阳春。
别君且把芳樽尽，
明日扁舟扬子津。

戊戌夏月兰州酬友人

别馆呼来米酒清，
涛声相伴壮金筝。
河头河尾君曾宰，
不尽长言是旧情。

戊戌夏月塞上会友人

塞上青原接朔陲，
贺兰山下忆前辞。
莫言残月思归雁，
为报知交醉菊篱。

戊戌夏南宁别友人

盛夏岭南花正深，
邕江青翠展银簪。
山川已是风光异，
只有千杯尽一心。

戊戌深秋长沙友人宴座呈锡国

岳麓山前云气长，
君来妙手写文章。
从今不觉三湘远，
看罢桃红又橘黄。

感欣淼先生为余诗集作序而赋

逸气盈胸酒入肠，
旧诗吾且作津梁。
先生一序如春暖，
山海放吟歌韵长。

注：郑欣淼先生，曾任文化部副部长、故宫博物院院长，现任中华诗词学会会长，曾为拙作《云起楼诗存》赐序。

厉以宁先生赠余《厉以宁诗窦希铭书》

雨打风吹四十秋，
身同改革共存留。
一生灼见铸诗史，
不负丹心此白头。

戊戌六月姜春云副总理赠余《姜春云诗词选集》

一生风雨尽凝眉，
件件桩桩皆入诗。
行不负民民不负，
清山秀水是丰碑。

李岚清同志赠余《篆刻书法艺术作品集》

平生功业自千秋，
身退奏刀雕石头。
法取先秦追两汉，
丹朱古峻亦风流。

北京遇厚健

艰辛创业庆初成，
海信高飞展翅行。
掌上旌旗兵十万，
风高浪阔听涛声。

友人自宁夏归因忆戊戌贺兰之行

塞上征人罢，
为余说贺兰。
三关凄雨歇，
十万铁衣寒。
河出农桑富，
山围百业宽。
玉笙吹夜彻，
把酒倚雕鞍。

过程庄寨因忆食指

风云岁月忆峥嵘，
霜冷兵车夜路生。
相信未来曾举火，
诗魂犹在树新旌。
苦吟呼唤真灵性，
逝水难湮赤子情。
行接程庄天欲曙，
如烟绿野正春萌。

赠食指（二首）

其一

湖西漫道少文雄，
一唱遏云声若铜。
盗火岂怜身共缚，
风波渡尽看诗翁。

其二

开胸见胆诵情衷，
直面浊尘心似童。
终有诗魂唤灵腑，
纷纭岂止说朦胧。

注：食指，原名郭路生。著名诗人。余故乡为山东鱼台，其故里乃鱼台县程庄寨。

清明节为岳父扫墓

清明新柳暗烟村，
细雨青山叹断魂。
慈墓灵前一长跪，
薄醪泪滴盏中浑。

寿杨思平师

循循儒者沐春风，
长记微湖作画童。
恨未丹青成圣手，
仙桃写就寿思翁。

送别王经坤师

身缠病榻叹支离，
一恸临棺送我师。
黄菊来年花再放，
自将薄酒奉三卮。

寿李广增师

八十人生不是秋，
广师康健自悠游。
称觞犹忆当年事，
夜半为吾掖被头。

酬超平

事业担肩责在胸，
凝神聚力创新中。
金沙滩上巧雕饰，
碧海蓝天万里风。

呈守璞

不信瘟神伤尔躬，
笑声依旧梦回中。
人言佛佑善缘客，
定是蓬山一寿翁。

赠鲁明

潇洒平生付宦游，
守威夙夜为民谋。
地云有尽天无尽，
东海涛声涌凤楼。

赠爱作

高才简重且廉清，
民口如碑传政声。
莫忘当年乡父老，
湖西处处念君名。

赠云岱

攻城略地聚群英，
号令三军细柳营。
家国之思兴业志，
常将兵甲化诗情。

贵阳别永春

黔灵山下品新醅，
征雁南飞已八回。
百里杜鹃何足恋，
家乡桃李待君开。

赠伯祥同志[①]

皆为升迁搜肚肠，
谁将责任一身当。
人民疾苦衷情系，
便是中华真脊梁。

①王伯祥同志曾任山东寿光县委书记，潍坊市委副书记、市长，被誉为新时期县委书记的榜样。

赠永章教授

创业艰难二十秋，
风波浪里勇行舟。
金丹玉液千回炼，
报国扶民大志酬。

怀赵志全同志

其一

苦干谁知重病身，
荒山创业用情真。
肩扛责任兼程进，
朗月清风励后人。

其二

玉带山头翠柏围，
温凉河畔望魂归。
百年功业今堪慰，
未拜祠碑已泪飞。

注：已亥盛夏再到鲁南制药，才知赵志全同志已逝近五年矣。

西江月·与建国文朝游济西湿地

人醉春光碧水，天翔数点云鸥。乱花片片掩轻舟，拂面如烟细柳。　　历历旧情难逝，玉清湖上悠悠。济西巨变叹无俦，料他名标海右。

打油一首奉酬耿兄

兄台有烟有文章，
抽上名烟诗韵长。
秀水明山神笔画，
雄篇长诵记荣光。

注：耿建华兄嗜烟，友人赠余两条烟，遂转赠之。耿兄回赠余七绝曰：仁兄赠我手余香，吐雾喷云气势狂。随口吟来三百句，高峰挂月满清光。

步建华兄韵祝贺山东诗词学会第四届代表大会召开（新韵）

佛山苍翠瑞霓氤，
历下亭依秋柳亲。
三百诗篇开浩荡，
二安绝唱傲清粼。
琼花装点新齐鲁，
韵苑争荣众木伸。
少长群贤欢聚日，
华章万阕势凌云。

菩萨蛮·与士杰及诸友桃园醉归

满山珠玉神仙果，呼朋唤友园中坐。风静送桃香，泉清觉气凉。　　茅亭呼摆酒，豪饮过三斗。柴火炖山鸡，擎杯醉眼迷。

卜算子·赠士杰

衣蔽惧霜寒，齿缺兜风破。莫顾人前眉皱频，恨不拿刀剁。　　巧手病牙除，义齿精工磨。重整河山笑靥开，列贝珍珠个。

呈大同

兖郡有高才，
书名满九垓。
墨酣开淡远，
笔下走惊雷。
动若公孙剑，
收如飞燕回。
石门思李杜，
兴尽干三杯。

武汉青菱湖参观志振兄盆景园（三首）

其一

独运匠心惊鬼神，
青菱湖畔树雕人。
秦松汉柏霜皮皱，
汗水浇开满苑春。

其二

持剪精雕创意新，
花工原是戍装身。
扁舟一叶楚天阔，
解甲披蓑第二春。

其三

道是苍龙入海姿，
沧桑古柏展虬枝。
黄河血脉[①]楚江水，
一景情深一首诗。

①志振故乡临黄河，故曰黄河血脉。

赠运昌敬民学彦诸兄

如箭光阴似刻刀，
当年青鬓叹霜毛。
韶华能逝情无价，
体健心宽献寿桃。

访台会见连战先生

两岸风云诡，
折冲多画筹。
千秋存大义，
收拾旧金瓯。

台北宴上呈连战先生

少承古训盼华兴，
志在海天一色澄。
两岸常惊风雨骤，
乌云散尽暖阳升。

烟台富士康公司再会郭台铭先生

识君新竹访鸿海，
再会烟台富士康。
孝母回乡宏业盛，
塔山云漫远陵夼。

注：远陵夼为郭台铭先生母亲故里，地处烟台塔山之阳。

访台圆山饭店宴会

硝烟今散尽，
执手问同根。
血火将军泪，
相逢酒满樽。

注：鲁台经贸联谊会在台北圆山大饭店举办，参加者有鲁籍退役国民党上将五人。

唐多令·己亥暮春与平昌晓刚饮于鱼台渡口酒肆

欸乃望茅帷，临湖见酒旗。喜岸船虾蟹新鲥。鲜藕蒲芽麻鸭蛋，香扑鼻，有清醅。　　雾散洒晴晖，相逢频举杯。叹年华一去无回。放下心劳君莫去，桃花水，正鱼肥。

采桑子·其凤邀游扬州未行

春深骑鹤扬州路，暖日曛曛。衣鬓芬芬。花底停骖寻故津。　　胭脂点染层层秀，舻舳如云。点点烟村。月夜箫声欲断魂。

一斛珠·赠某友

秦关汉垒，几人还记争雄地。眼前往事成流水。画鬓簪花，谅尔平生忌。　　燕子绕梁春暮绮。江湖波诡封侯事。丈夫功业芹书史。雪漫山途，看过天如洗。

送鸿鹏去贡山采访

横断山高道道川，
脱贫致富正攻坚。
怒江亲访独龙寨，
泸水云深著史篇。

武汉别诸友

夏口高天连暮秋，
烟波芳草枕江流。
长亭杯酒与君别，
且待明湖云起楼。

与友夜谈奉酬

樽前如虎帐，
上将夜谈兵。
抵掌千秋史，
无强不战争。

寄友

三更夜夜闻钟漏，
四季星移步步催。
神马浮云何足问，
今方袖手望轮回。

有赠

经世空怀愧我师，
雄文写尽已心疲。
东篱黄菊西篱雨，
故圃闲云作旧诗。

席上酬玉圃师

笔下林泉禅意多，
僧衣未著老头陀。
师为佛祖莲台客，
一水一山般若波。

疏勒寄友

大漠黄沙残燧平，
城头西望草方生。
何当共赏关山月，
柳塞翻教箫鼓鸣。

赠妻

三十五年回目瞻，
相知相爱苦方甜。
风风雨雨同舟渡，
甲子如花茶寿添。

游丽江正逢妻花甲生日

恍若时光已倒流，
古街石径老商楼。
山妻甲子丽江庆，
天赐安康渡白头。

采桑子·五月十五日夜

银河倾尽生离水，坐也心疼。卧也心疼。之隽如铃笑几声。　　漫将肝胆朝天剖，思也伤情。想也伤情。老泪长流到五更。

鹧鸪天·感事

老泪为何流不停，屏中怯怯叫声声。心伤苦难汝知否，情痛天真那眼睛。　　神暗暗，意凝凝。怎堪乙未怨生庚。残柯撑起青荫翠，哪怕风狂雨一程。

明日自哈密返济

好向西风醉举觞，
秋声梧叶入愁肠。
伤心最是天山月，
照我窗前束旅装。

秋思

林下秋风起，
思亲四顾茫。
凋零爷叔辈，
星散弟兄行。
岁月如梭度，
往来多怅徨。
独斟无对饮，
明日返家乡。

返家祭父弃养十年矣

抬头草舍暗无光，
霜满残阶心自伤。
老父西行今十载，
人生转瞬便斜阳。

江城子·外祖母归葬单县祖林

他乡埋骨叹飘零。百年冥，归故城。祖墓草黄，落叶叹归宁。泉下相逢可相认，香一炷，哭无声。

吊二舅

一世飘零生死因，
杯中满酒便称神。
孑身自有孑身好，
无挂无牵化外人。
绣口如珠评八义，
病心甘苦重伦亲。
家空四壁黄泉去，
潇洒三樽过奈津。

注：二舅逝也。他解放前当兵，解放后回乡。妻离子散，孤身一人，靠说评书走村串乡，维持生活。生性潇洒，嗜酒如命，虽孤苦穷困，甘之若饴。

酹江月·伤逝

风传丧信，暗伤心，姑母冬令仙去。八十年来兄姐弟，父辈凋零何遽。苦难当年，家贫似洗，弱幼亡亲怙。双姑花季，卖与人做童妇。　　回首不堪春秋，贫无片瓦。受尽人间苦。母子终年讨饭路，家父衣衫褴褛。往世姻缘，离合聚散，修短原天数。云霞虹彩，天堂终得团聚。

看玉圃先生巨幅山水图

寿宣丈八乱云翻，
巨笔如龙已气吞。
满目松风生万壑，
草堂高士卧柴门。

呈玉圃先生

光明性悟谨修持，
灵静方能种紫芝。
为诵新词三沐手，
清风送我到瑶池。

水调歌头·贺于老北京美展成功

忽如琼玉碎，香气遍京华。一时都下纸贵，争说于梅花。挥洒胸中逸气，来写淋漓墨意，灿灿若堆霞。人与画同老，德与艺俱佳。　　江南笛，孤山梦，月影斜。谁知鼎火三昧，虬干发新芽。不恤耄之将至，更待十年新进，艺海乐无涯。一曲为翁唱，期寿比彭家。

注：于老，即著名画家于希宁先生。

呈宏宾先生

缤纷笔下艺途遥，
填海中西架彩桥。
美美方能欣与共，
包容互鉴百花娇。

题张鹤云先生画鱼

碧水无波映玉宫，
锦鳞对对月明中。
龙门不跃享天趣，
笔墨淋漓叹鬼工。

赠乃磊

扎根乡土几多春，
沂水蒙山入画醇。
走出青齐树新帜，
百花园里傲群伦。

赠鸿立

鹿儿轻跃满山青，
竹海深深雀唱聆。
办学艰难圆一梦，
春催桃李百花馨。

赠泥土

有笔如刀刺丑行，
纷繁世相是非清。
绘图论语明明道，
据德守仁求至诚。

呈明铨

变法图新见性灵，
意随笔至卷雷霆。
丹青醉写旦生丑，
如戏人间你独醒。

题晓辉女史画荷

雾辞湖上雨，
风动下莲舟。
一片清香永，
思君似叶稠。

呈克训先生

报国青春哪有家，
高原雪域献芳华。
丹心不写苍凉意，
老树枝头绽异花。

题王熹先生画山水

早有才名动鲁城，
丹青逸世寄真情。
兴来放笔写胸臆，
换酒坊廛将一觥。

贺曹明冉先生美术馆开馆

富贵花开满单城，
牡丹曹府动公卿。
膝前娱老有双璧，
谢地谢天初长成。

题沈光伟先生画山茶

抱朴守真言少华，
品高川藏绽山茶。
瑶台借得绘春笔，
万紫千红满苑花。

题郭志光先生桃花鳜鱼图

雪尽冰消春又回，
桃花流水鳜鱼来。
年年都是风光好，
且与老夫干一杯。

题学明画老翁童子

鞭声除夕夜，
万户换符祥。
家有千钟粟，
儿孙喜满堂。

赠文博

心细如丝意气扬，
当年工笔誉华堂。
鱼儿离不开开水[①]，
地毯红红晨补妆。

注：梁文博先生，中国美术家协会会员，擅国画，其画作《红地毯》《晨妆》颇为有名。此诗乃题其画作。

①因事而言，朋友之间传为美谈之句。

赠张望

似梦如醒混不明，
心中有寄总关情。
阿谁会得画家意，
秋水伊人霓彩生。

题丰光画花鸟

雁阵长天远，
秋深百草黄。
鹳孤鸣雨后，
沙渚暗生凉。

题锦平画女童

明眸眉乍展，
豆蔻好年华。
日渐心多事，
幽情随落花。

赠经春

繁花开四野，
无语只经春。
雪落听梅放，
虬枝更有神。

赠洪刚

柳绿桃红又一春，
暖风拂面日晴新。
老牛昏目髫童戏，
花雨归途不识津。

采桑子·题昭君出塞图

秋高雁远惊沙白，霜冷胡翎。风卷孤旌。绝塞苍茫毳帐行。　　回头汉阙悬寒月，吹角连营。刁斗残灯。怀里琵琶恨铁钲。

《云起楼诗存》得玉圃先生谬赏步原韵以酬

云起青山绕画楼，
诗心沉郁实伤柔。
怜贫哭尽少陵泪，
木叶庭前看暮秋。

附：陈玉圃先生原玉

文气充盈云起楼，
诗心诗史兼刚柔。
杜陵去远蒿公在，
汲古咏今足千秋。

柳梢青·步韵答张延龙先生

暮掩柴门。轻岚乍起，山月宜人。灯火苍黄，闲来展卷，浪静波伸。　　其情一世殷殷。风雨路、摇神荡魂。无愧今生，无羞所学，再绽新春。

附：张延龙先生原玉

柳梢青·步韵蒿峰秘书长

风送浮云，蛩声阵阵，黄菊宜人。山水茫茫，丈夫于世，能屈能伸。　　勿怀旧事殷殷，且思念，初心梦魂。时序因循，东风有信，又是新春。

青玉案·和张延龙先生

千迴百折来时路。一边走，一边悟。磨难般般春夏度。机缘契合，问天无语。总在关头处。　　辛勤只向残阳暮。回首烟波觉情著。问舍求田争几许。兴亡天下，一身如羽。怒海轻舟渡。

附：张延龙先生原玉

青玉案·再读《云起楼诗存》

风云多变寻游路，幸盈得，人生悟。花样年华如水渡。几番花绽，几番燕语，总在溪深处。　　霞飞山里鸣泉暮，云起楼中题新著。莫问斜阳余几许。一川波涌，两坡林静，花满桃源树。

鹊踏枝·原韵奉素梅老师

四十光阴今我叙。爱恨千般，皆向词章聚。雨打风吹寒竹语，听来都是心中苦。　　草木人生归共腐。只有真情，百载犹长诉。落日楼台凭四顾，茫茫春尽花无绪。

附：张素梅老师原玉

鹊踏枝·拜读《云起楼诗存》感赋

寰宇风云吟笔叙。评古论今，灼见毫端聚。梦系小康思缕缕，虑焦最是黎民苦。　　怒将笔锋投吏腐。平仄声声，赤子情怀诉。云起楼高新韵赋，华篇捧读聆心绪。

步韵致义福先生

心存报国文台士，
仗剑非关买骨钱。
治水勘山千里腿，
怜农入户万民肩。
征衣脱却吐肝胆，
林下长吟继古贤。
喜得朋交三五子，
清声老凤更无前。

附：孙义福先生原玉

赠蒿峰先生

本是蓬门最爱莲，
保持本色鄙金钱。
九州风雨凭极目，
四海云烟铸铁肩。
研史执鞭传国脉，
为民策马仰前贤。
谁言亮剑廉颇老？
诗会复兴更胜前。

原韵酬义福先生

天下兴亡士子身，
谁能世外武陵民？
欣完王事梅边聚，
且赋渔樵看早春。

附：孙义福先生原玉

赠蒿峰先生

家国情怀菩萨身，
初心牢记爱人民。
斜阳照彩诗香远，
献罢青春又一春。

宋彩霞女史为《山左履痕》集句原韵答之

海右有名楼，
登临叹不群。
青山如鬟走，
黄水若龙文。
行得霞边路，
卧看天外云。
风光齐鲁好，
醇酿只逢君。

附：宋彩霞女史原玉

读《山左履痕》集句致蒿峰先生

听诗静夜分，
不与众峰群。
久雨巫山暗，
新晴锦绣文。
更谁开捷径，
速拟上青云。
浩荡天池路，
高歌一送君。

依次集自：杜甫《陪郑广文游何将军山林十首》《秦州杂诗二十首》《晴二首》、李商隐《商於新开路》《洞庭鱼》、王维《送张判官赴河西》。

布凤华会长为余《山左履痕》赠诗一首原韵答之

情系家邦万点烟，
蓬壶景胜赋新篇。
地灵五谷多丰瑞，
人杰千年仰圣贤。
草履风尘行海右，
诗心山水悟真诠。
爱无时绝歌无尽，
河岳清平冰魄圆。

附：布凤华会长原玉

读《山左履痕》赠蒿会长

阅尽苍桑九点烟，
履痕酿作郢中篇。
独留只眼观山水，
一抱虔诚谒圣贤。
天道详参明哲理，
风霜细品得真筌。
景光处处惹人醉，
醉里家乡月最圆。

第二本诗集《山左履痕》出版，马明德先生赠七律一首，步原韵答之

一花一草自知珍，
恋我家乡多泪痕。
九曲黄河滋沃野，
千寻泰岱望烟村。
文开阙里华夷定，
酒醉梁山壮士魂。
走遍青齐人未老，
东原落凤日暾暾。

附：马明德先生原玉

读《山左履痕》并寄蒿峰先生

动听娓娓数家珍，
妙句深情自履痕。
两圣两安殊赤县，
一河一岳耀球村。
喜吟沾化万株枣，
拜谒阳都千载魂。
四十余年身似寄，
欣登列岛咏朝暾。

原韵答马明德会长

峨冠到底怯名虚，
村野山林多硕儒。
命有穷通心有守，
行无内外责无殊。
凌烟图画非余愿，
天下兴亡赖匹夫。
记取青空悬日月，
草庐身老亦三呼。

附：马明德会长原玉

读《云起楼诗存》兼酬蒿峰先生

有水则灵论不虚，
微山湖畔出英儒。
时空穿越规箴准，
泰岱登临视野殊。
常系峨冠忧国祚，
每逢灾害念农夫。
今虽伏枥心犹壮，
坠绪弘扬鼓与呼。

原韵答崇发

故圃犹闻花暗香，
早年史海觅岐黄。
谁人医得苍天病，
种树南山独自芳。

附：辛崇发先生原玉

贺《故圃杂花》诗集梅季芳香

故圃梅枝雪暗香，
望春柳眼见金黄。
草山底绿芽萌动，
明日杂花一路芳。

原韵答崇发先生

云飞风自高，
感事且挥毫。
落叶秋江渚，
渔人日夜劳。

附：辛崇发先生原玉

读蒿峰先生《云起楼诗存》有感

文深人自高，
风正事分毫。
家国情怀在，
为民甘效劳。

依韵答梁孝平先生

萦心最美是家山，
锦句华辞素不悭。
雨霁听歌川野上，
日晴长诵海河间。
几多古寺寻齐月，
处处新城瞻鲁关。
盛世群贤功业待，
诗人彩笔更斑斓。

附：梁孝平先生原玉

读蒿峰会长《山左履痕》书怀

展卷知君恋故山，
清辞酬唱意无悭。
乡心倾注毫端上，
素志萦怀字里间。
地胜风光尤击赏，
情亲鱼鸟也相关。
履痕处处留芳草，
一部新书幸匪颁。

和刘进美女史（宽韵）

人有诗心诗有缘，
香馨锦簇满诗坛。
看花只道三春暖，
经雪方知数九寒。
紫绶公侯为逆客，
白头宫女说开元。
西楼云起群山舞，
黄菊东篱乐武源。

附：刘进美女史原玉

贺蒿峰先生《云起楼诗存》出版步韵张延龙吟长

捧读诗存信有缘，
琼枝锦簇溢香坛。
莺啼雅趣争春早，
云起楼高对月寒。
国事民忧久情笃，
词章律吕未曾闲。
莫言韵海深如是，
挈领群芳细溯源。

破阵子·原韵和顾元隆先生

拈韵少陵声口，长吟暗损苍颜。风卷草堂思广厦，师出河东盼凯旋。几多泪湿笺。　　逸楚三闾天问，伤情亘古波澜。说尽阴晴天自潜，为庆家家动管弦。歌吹年复年。

附：顾元隆先生原玉

读蒿峰先生《云起楼诗存》有感
撼庭竹·三十九首绝句编后

声落澜平吟上眉，心潮溯东夷，武亭常在梦中唏。漫笺泅泪透垌堆，滴滴是渔米，齐鲁韵风漪。　　赋尽五言诵劲诗，情吭故乡西。倾腔血墨初心里。十七瀛流运河滋，方寸浪千汐，凝笔一窗曦。

培国有诗寄赠步韵酬之

少有令名乡里知，
群书遍览益多师。
湖西风物称珠匮，
东鲁文章重圣时。
学贯千家清操养，
心倾万户庶民思。
君吟雄赋惊当世，
云鹤长鸣信不迟。

附：马培国原玉

流水高山料应知，
风流儒雅亦吾师。
漫将云影新椽笔，
薄采星辉壮明时。
即就弦歌成初诵，
每持卷帙慰远思。
精神到处辞章老，
自是名川去较迟。

原韵答宗健

当年负笈济之南，
史海行舟细细参。
故圃萦心思翰府，
杂花自宝入珍函。
兰台曾梦红千树，
村野筋疲情亦酣。
林下风清尘落尽，
二三诗友且高谈。

附：李宗健原玉

蒿秘书长赠书敬阅有怀

大音发轫济之南，
墨染钩沉万象参。
故圃多年余史笔，
杂花两字满签函。
拿云揽月心相契，
著述行文意正酣。
老骥犹驰千里志，
一襟经略见高谈。

和宗健

宦海沉浮四十秋，
险滩九曲又寒洲。
只求尽责生无愧，
哪管前行志不酬？
情在苍黎常梦断，
心焦紫阙屡鸣瓯。
歌吟三百且为醉，
日暮凭栏上画楼。

附：李宗健原玉

读蒿秘书长《云起楼诗存》有感

胜概多因揽壑丘，
登临豪意济沧洲。
高怀饮罢酣中醉，
雅兴擎来唱与酬。
送目清标书锦锈，
将身景物壮金瓯。
一腔诗味凝深处，
曲度今声云起楼。

和李宗健《戊戌麦月廿五》

生生死死意相邀，
富贵荣华皆戏袍。
易老冯唐空抱志，
难封李广亦为豪。
遭逢数定缘千载，
大任天磨取一毫。
贾贩力田柴院净，
诗吟我辈卧蓬蒿。

附：李宗健原玉

东风煮酒再相邀，
濯尽尘疲挂锦袍。
若荐冯唐行做义，
更推李广亦为豪。
胸中境遇怀千尺，
眼里清明抵一毫。
野鹤松峰寻旧迹，
题诗拈句种蓬蒿。

和宗健先生

我有青龙偃月刀，
萧关敌血染征袍。
海疆万里今闻警，
金马台澎走一遭。

第七卷 秋窗夜雨

清明回苏鲁边故乡

小村无史载，
世业两河田。
百米边舟渡，
遥遥故宋烟[1]。
乡民多古意，
邻睦厚风贤。
庐墓依然在，
飘萍一线牵。

①故乡村南过苏鲁边河，便是江苏丰县王海村，春秋时为宋国都城。

回村

茅堂幸未颓，
待我宦游回。
朝钓边河岸，
闲来干一杯。

丙申春节回乡道上

冠挂身闲心亦休，
轻车朗日逐飞骝。
云舒云卷家山好，
烟水南阳一钓舟。

乡居

三面青山向水开，
满园黄菊映湖栽。
忍辜明月清风意，
诗债难逃今写来。

朋友庭院辟地半分今年结瓜累累

隙地半分围竹笆，
一畦青翠满香瓜。
小园长忆儿时梦，
夏日风凉入故家。

浣溪沙·戊戌除夕还乡

风起炊烟旧舍中，故乡千里雪濛濛。村路空，犬吠冷，看灯红。　　壮岁打拼墟井远，衰年心绕祖庐终。酒新封，鱼早奉，饮三盅。

春日家乡即景

沿河桃李彩云阶，
乍暖春风醉入怀。
故井愁非梦中貌，
乡思伴我走天涯。

一个无雨的清明少了太多诗意

风吹扑面暖，
朗日过清明。
出郭看烟柳，
踏青追戏莺。
物候听早发，
旱象悄然生。
桃杏花如雨，
遥遥见酒旌。

回乡

清明故里绿云遮，
细柳如丝燕子斜。
几户炊烟心已醉，
榆钱蒸过煎槐花。

古藤

年年四月绽繁花，
一片紫云连暮霞。
常忆儿时无赖地，
芳香伴我走天涯。

注：儿时村头有一架古藤，覆荫亩余，根深叶茂，花气沁人心脾。

秋晨野外见喇叭花

随缘处处可为家，
地角篱边披露华。
喇叭朝天嫩寒至，
秋声秋韵紫笼纱。

老宅

最忆清贫少岁家，
豆花开满竹篱笆。
风霜五十草堂在，
依旧萦怀落日斜。

看乡间灯会

元宵社火喜开锣，
鞭炮声声灯似河。
吹拉旧弦哼老调，
画眉熟脸舞婆娑。
金为世贵存藏少，
诗被人烦俗浅多。
岁月星移场各擅，
真情一吐唱新歌。

己亥元宵时逢雨水节令

春至展新容，
上元闻晚钟。
雨随时节降，
岸柳绿方浓。

无题

揽镜方知转瞬空，
江山如画做诗翁。
波翻浪卷曾看尽，
情在长歌短调中。

无题

信有强弓射锦鳞，
忠勤皓首尽雄纶。
老驴蹄断无功赞，
媚犬尾摇多赏人。
眼底翻潮一哄散，
胸中荡涤半星尘。
小园种菜心何系，
柯烂观棋世事新。

感事

所负平生荒所学，
稻粱谋就众黎何。
甘心堂庙皆成市，
且以吾身证佛陀。

感事

世间百态何为真，
丑美难逃台上陈。
善恶人言终有报，
坐看天道运时轮。

无题

漠西雪拥冻云昏，
白草朔风吹断魂。
点点鱼笺书不尽，
泪滴驿笥且留痕。

秋深

莫夸颜色好，
只为早经霜。
万树黄红日，
山河尽盛妆。

有感

新文化战树旗红，
诗统如弦一火熊。
枯草今逢春雨润，
山前垄角又葱葱。

采桑子·杂感

茫茫三界终参透，岁月如歌。奉献如歌。无愧良知对鬼罗。　　人生百岁非长梦，往日如河。来日如河。执念皆空便佛陀。

采桑子·对饮

梨花落地轻如雪，清笛声喑。竹影移荫。半掩柴门夜色沉。　　天涯何处无知己，灯下寒衾。对月成斟。酒尽三樽诗自吟。

采桑子·伤别

草痕黯黯蘼芜远，风敲檐铃。满地残英。柳色催人叹渭城。　　清明又送孤帆去，泪落长亭。酒尽三觥。心伴离人一路行。

卜算子·闻屠呦呦获诺贝尔奖

老太屠呦呦，诺奖惊当世。寂寞平生人不知，名利轻如纸。　　科研大军征，经费如流水。登顶常需专注心，躁戾其途靡。

浣溪沙·己亥夏台港有乱

蒿目东南乱旆旃，众妖误国起波澜。蓝绿缠，弃法治，露奸颜。　　香港夏炎风助火，台湾雷震雨如磐。浪常翻，人在做，老天看。

凉山灭火三十烈士祭

可贵青葱岁，
为民一命焚。
爷娘亡爱子，
平地见新坟。
投火飞蛾义，
我怜忠血殷。
清明满天雨，
英魄化愁云。

采桑子·休致

浮沉半纪归人倦，醉也轻松，醒也轻松，已过关山千万重。　　常闻傻笨离灾远，成也聪明，败也聪明，只有清风报此生。

无题

世人何执惑，
大化动元息。
聚散似风吹，
悲欣缘慧识。

感事

三尺青锋七尺身，
何堪行路困风尘。
休言伯乐失名马，
徒恨媚工修未醇。

杂诗

时光都到哪儿去，
转眼青头化白丝。
修短由天何足虑，
开心胜却寿如龟。

感事

运时皆定数，
人力不能更。
少岁昏昏解，
耆年历历明。
盈虚天有序，
成败自萌生。
巧宦机关尽，
金吾阶下黥。

鹧鸪天·感事

冷月如钩挂碧天，孤村夜色正阑珊。桥头枯柳风中老，岸渚芦花雪后寒。　　人别后，已经年。旧朋零落似星残。一生情寄皆为梦，天地悠悠万古烟。

卜算子·无愧

啥是好人生，无病无寒馁。万险千难走一遭，俯仰心无愧。　　无愧爹娘生，无愧师恩被。无愧良知直道行，不负华年义。

卜算子 · 万物有灵

天地不伤和，变幻无常相。草木人生本性平，彼岸繁花放。　　积雪压青松，沧海风掀浪。善恶因缘走马灯，尽性悲无量。

立秋

满眼云山如画开，
清风带雨细凉来。
鲜鱼河上新赊得，
且闭柴门醉一回。

看船行浅滩

船过一滩又一滩，
波平浪静越千峦。
人心好似涧中水，
若遇高低便起澜。

春夜

初到尘寰看不停，
人间多少雪和冰。
唯求身化护花使，
保我女孙今世宁。

采桑子·忆旧

西风渐冷初霜白，夜挑灯花。梦醒流沙。千里关河百道车。　　三年已是风波苦，身在天涯。心系仙槎。东望长空绕彩霞。

采桑子·春草

轻岚漠漠明前雨，青草纷纷。晴野销魂。万种闲愁谁与论。　　低徊燕子随风舞，绿遍烟村。蝶绕簾门。举目江南尽怆神。

一斛珠·秋夜思

秋窗惊梦。玉人何处黄花垄。寒松霜月听潮涌。数点残星，河汉难相踵。　　阆苑仙葩谁与共。从来造化因缘弄。世间万事浑然懂。落叶庭前，苦到千千种。

一斛珠·苦热

天烧一炬，悬空火镜炎龙吐。笼蒸炉烤心如煮。怕借芭蕉，难息神融怒。　　客问清凉消暑处，南山田父衰年妪。袒胸跣足槐荫踞。世事休论，且吃茶瓜去。

老牛

四季辛劳田垄间，
风霜雨雪哪知闲？
伤痕常在心头痛，
鞭打难更死犟顽。

我家老公鸡

少时家中曾养一公鸡八年，其老态渐显，翎毛脱落，犹追逐母鸡，早晨随小公鸡打鸣，然声已嘶哑，犹为可笑。

已是英雄迟暮天，
鸡婆腚后舞蹁蹁。
衰毛犹做明星梦，
力竭争鸣狂亦癫。

采桑子·夜雪拟古

飘摇冻絮浑如盖，天也茫茫。地也茫茫。林杪空冥阵阵苍。　　玉关念念人千里，铁甲凝霜。闺梦凝霜。谁送征袍到北羌？

采桑子·莲台古寺

萧萧古寺秋声重，翠柏云中。清磬云中。孤刹寒鸦绕旧宫。　　禅心不在穷山外，山径空空。僧院空空。落叶庭前月色浓。

娇矫必败

傲骨如梁学做人，
莫教傲气害其身。
能容万水方称海，
成败在和须自珍。

煮汤圆

生白谁知我，
浮沉不计嫌。
千般汤煮苦，
化作口中甜。

春日偶成

道是诗坛复兴来，
风花雪月庙高台。
清平盛世赖装点，
子美叹何处处哀。

秋意

秋来落叶映斜晖，
断续寒砧又授衣。
风掠林皋生冷露，
一行雁阵向南飞。

无题

雅颂齐曹郑野禾，
诗从乐府溯长河。
抒情言事千章少，
弄月吟风一首多。
漫道春晴阴不至，
应怜民苦唱同和。
城头旄旆明征路，
漠漠烟沙过大阿。

夜为蚊子烦扰

腰细若蜂娇美娘，
嘤嘤媚语巧如簧。
知其嗜血须严防，
暗夜锥人遍体伤。

无题

陌上花开早，
春生百草芳。
挚情心有寄，
相念忆钱王。

注：吴越王钱镠与其妃情深意笃。妃省亲未归，钱镠写信给她："陌上花开，可缓缓归矣。"大丈夫柔情似水，千年来羡煞多少闺中人也。

2019元旦

冰封天地阔，
新岁序时来。
一曲春之舞，
迎祥万户开。

题画

山雨来时云墨深，
风摧松柏作龙吟。
临溪一片白烟重，
老叟携琴归路寻。

题花鸟图

花残自是惹人惜，
零落随风碎作泥。
潮起潮平原造化，
伤心为此亦悲兮。

题高士图

清风朗日乱花开，
阶下鸡雏啄绿苔。
平昼无人门自闭，
山翁携酒过桥来。

采桑子·冷月

月移竹影空阶冷，万里银光。窗外银光。玉漏声声夜未央。　　遥闻邻笛愁思动，塞上情伤。客旅情伤。圆缺清清最断肠。

采桑子·春日即事

倚梁燕子疏簾雨，杨也萌萌。柳也萌萌。春草池边蛙鼓鸣。　　花明万点雕栏外，桃也荣荣。棠也荣荣。山径幽深有客行。

采桑子·万亩荷花

荷池雨后笼朝日，露闪珠光。绿盖堂堂。万顷连天接碧苍。　　娇姿菡萏随风舞，夺目仙妆。沁肺清芳。莲界西天净土乡。

采桑子·南窗梅影

玉肌冰骨琼枝瘦，雪满空山。香满空山。梅放空山又一年。　　鹤鸣疏影称双洁，清白人间。春到人间。报得人间百卉繁。

闻泉

幽谷泉流响玉铃，
寒林残雪待初听。
青山如此多情甚，
尽展春来第一屏。

看梅

虬枝瘦骨香初放，
点染严冬不惹尘。
扶杖看花花少语，
凌寒傲雪认前身。

盛夏荷池

菡萏瑶池上，
微风送暗香。
清泉驱暑气，
心静自生凉。

树懒

谁人羡慕你修禅，
一梦醒来一梦连。
无那伤勤何有获，
餐风宿露度昏年。

秋之芦

兼葭秋水看苍苍，
如雪翻飞待玉霜。
贱草犹生寒竹节，
凌风傲立自堂堂。

名石赋

昆山顾氏园中物，
醉后扶观一石顽[①]。
八百春秋犹未化，
涪翁遗墨睹天颜。

①园中有名石一块，上有黄庭坚款题诗两句，并刻有“醉后扶观”四字。

长白山美人松

（1992年）

玉干琼枝翠裹头，
亭亭摇曳最风流。
群松拱卫星随月，
异种凡胎自不俦。

观《霸王别姬》

物有其然有不然，
功成人力亦成天。
根生浅土枝难茂，
骓逝乌江化暮烟。

耳鸣如蝉

耳鸣十载噪如蝉，
当日不宁今晏然。
昼夜闻弦迟觉老，
嘈声伴我度流年。

荷塘遇雨

暴雨飞如箭，
闻声已沛沱。
青山遮水幕，
急鼓乱敲荷。

柳絮

春日田阡绿，
柳花随晚风。
绕篱凝雪色，
不肯越溪东。

黑牡丹

嫣红姹紫满楼台，
锦绣云霓费剪裁。
佳种恒河沙数众，
只差淡墨一丛开。

黄牡丹

施朱施粉小家玉，
尽萃月华无几枝。
此色方为真国色，
姚黄一品最清奇。

绿牡丹

群芳谱上无双品，
仙子班中冰雪魂。
谁识美人佳卉里，
春光灿灿不留痕。

白牡丹

疑似月笼王母台，
玉山倾倒雪寒堆。
素颜轻压千般色，
众艳群中冷冷开。

紫牡丹

雍容富贵好丰神，
持重仙班领众臣。
正色纶扉明翠露，
花中亦有丈夫身。

惜海棠花落

春风吹散海棠红，
岁岁无端此恨同。
烟外衣单何忍去，
索然独立落花中。

南山早开杏花已落

桃开杏萎太伤情，
一样风光岁岁生。
唯愿东君施圣手，
花繁万树绽春荣。

宋海棠

德邸名花宋海棠，
凌云粉雪满空廊。
落红一地三春尽，
人比蝶蜂日夜忙。

注：山东省人民政府办公厅院内有宋海棠一株，云是明德王府旧物。夜静案牍劳形，可见清晖之下粉雪满地。

海棠

一片胭脂画阁间，
春阴初上玉娇颜。
衣单不禁承新雨，
淡极方知色最殷。

丁香

叶寒呈早绿，
花白细如霜。
莫说无娇色，
春来第一香。

乘高铁赴南京

南北东西高铁牵，
神州险塞尽平川。
两京当日来回近，
酷拽狂炫吊炸天①。

①试验网络语言入诗，仅博一笑。

新年

时空到底几维延，
是是非非量子缠。
伽利略观星月转，
爱因斯坦曲光玄。
谁云彼岸存无据，
我说生生紧扣连。
今换桃符阳气发，
春声已动又新年。

贺兄赠我紫砂壶

阳羡溪头泥一丸，
青如苍石紫如肝。
壶中自有乾坤在，
独运匠心雕玉寒。

落梅

露重清香永，
虬枝积雪残。
遥知花信过，
片片落红丹。

秋兰

深涧生黄叶，
秋声觉嫩寒。
闻香呼驻马，
石壁现幽兰。

瘦竹

青苔数点残，
瘦竹两三竿。
君说清奇骨，
我观穷且酸。

榴花

榴红今岁艳，
烈烈若烧霞。
一树红如火，
居多是谎花[1]。

①谎花，无果之花也。

吊钟花

百卉迎春第一眸，
花开叶底意知羞。
无香不碍好颜色，
莫学人间低此头。

戊戌夏日有客述西事

万山成战垒，
秋气满边州。
汉塞花门近，
长筹赖不忧。

卜算子·夜雪

灯火满城花，山月清如许。春雪无声忽漫天，落絮多情舞。　　莫道北风寒，羽羽飘无绪。一夜梨花压玉枝，白了千千树。

山间野菊

点点若琼华，
参差映日斜。
万山寒瑟瑟，
最艳此黄花。

蝉

三年地下忍寒饥，
炎夏林梢占一枝。
今日不鸣何日待，
秋风起处枉留悲。

采桑子·《故圃杂花》题后

沧桑四十春秋过，史海深耕。古卷青灯。字字文论雏风声。　　回头三十年前走，夜暗风生。何处寒庭。目睹荒园忽湿睛。

青玉案·读迦陵词

悽惶九曲人生路，叹酸切、无从语。楚郢齐刀堪鬼母。难防巧舌，清标今古，青眼须何顾。　　胸中豪气轻猩鼠，怎禁园花压田黍？冷对臬麻行我素，风流遗世，郎中何处，叠叠青山数。

读杜工部诗

草堂困卧几人知，
屋漏衾寒难展眉。
国乱时闻河朔警，
家遥每念小儿悲。
孤魂犹痛关山破，
饿叟常怜万众饥。
冻骨朱门今世愤，
千年一哭少陵诗。

友人赠我寿山石“杏花春雨”闲章

春雨杏花三月时，
催耕布谷叫声迟。
写来犍犊农家乐，
淅淅如酥诗满犁。

明崇祯银锭

遗宝状如船，
官家税赋钱。
苍苍留岁月，
识得烈皇年。

古玉赏铭（二十五首）

其一

战国水胆水晶把件

亿年冰雪化，
天地聚华精。
太古遗琼水，
星河照玉清。

其二

唐玉佛塔

精雕白玉龛，
盈尺妙伽蓝。
佛祖莲台相，
祥云八宝含。

其三

宋代“平安家书”玉印

塞外风霜驿马勤，
平安遥报慰荆裙。
思亲多少春闺泪，
浸作斑斑九叠文。

其四

金元“万户之印”

九叠官文杀气存，
将军紫绶出辕门。
玉花斑驳阴山雪，
犹向龙沙吊战魂。

其五

汉水晶“定西将军”印

雪拥秦关暮色苍，
将军马槊定西羌。
可怜白草健儿骨，
星照寒晶夜有光。

其六

铭唐代錾刻双狮莲花纹莱玉脉枕

触腕依然散药香，
问闻抚脉赞岐黄。
当年思邈回春手，
祛疾除瘟远病殃。

其七

参观清代白玉雕甬钟

俎豆牺牢居庙堂，
精雕白玉泛脂光。
钟鸣鼎食千年远，
永保其榍百代彰。

其八

玉鸠杖首赞

汉家重德劝高年，
七十乡居授杖贤。
里有耆龄邦有瑞，
遥思文景舜阳天。

其九

明白玉梅花杯

数点梅花向水开，
一双螭虎戏枝来。
精磨白玉昆仑雪，
照夜风吹香暗回。

其十

铭玉戈

朔北烽烟边马哀，
玉戈金甲照辕台。
角声千里连关垒，
漫卷征旌大将回。

其十一

玉剑饰

美玉雕来宝剑镶，
双螭怒目海中昂。
九重丹陛君王殿，
光耀朝衣烁五章。

其十二

战国玉龙佩

环佩声清朱殿开，
晶莹玉色照琼台。
苍龙紫雾重霄降，
飞上王侯朝服来。

其十三

汉白玉耳杯

白玉雕成汉羽觞，
王侯府邸百年藏。
须知富贵官家样，
映月精光满未央。

其十四

汉玉猪握

不甘归去意迟迟，
玉握遂心双手持。
富贵泼天难再续，
切行善事寿如龟。

其十五

战国白玉雕鸭嘴兽

一张鸭嘴浪中游，
非兽非龙费思踌。
山海经留千载惑，
重洋怎渡到神州？①

①鸭嘴兽只生活在澳洲，为何其形象出现在战国时期玉雕中，迷雾重重。

其十六

参观宋玉螭龙耳杯

天子风流伴酒池，
琼浆箫鼓景庄词。
江山半壁飞胡马，
紫殿官家犹赋诗。

其十七

汉玉辟邪

守正祛邪立帝庭，
世传灵异大荒经。
玉花难掩沧桑劫，
瑞气祥光绕户扃。

其十八

观汉玉柄长勺

丹陛钟鸣宴未央，
金杯玉勺照华光。
琼台夜夜降甘露，
奉上龙筵帝后尝。

其十九

汉白玉浮雕螭纹系璧

蛟螭虬曲游沧海，
首尾泛波云雾封。
天子锦袍悬系璧，
珠珰环佩见真龙。

其二十

铭玉钺

拜将持黄钺，
代君三狄征。
陈前凭决断，
猎猎展长旌。

其二十一

铭玉璋

天子八方巡，
牙璋左右陈。
起兵提虎旅，
大岳祀川津。

其二十二

铭玉璧

世重尺之璧，
余珍一寸阴。
沉埋通帝座，
有道仰天箴。

其二十三

铭玉圭

天子明其信，
诸侯秉玉圭。
四夷安若堵，
万国望祥霓。

其二十四

铭玉琮

大野莽苍苍，
三垂覆八荒。
享兮天地佑，
后土献琮黄。

其二十五

铭玉瓒

衣牛陈太庙，
醴鬯荐灵前。
九拜诸侯进，
钟鸣直入天。

第八卷

域外片羽

九六年访日本长野县九八年冬奥会将在此举办

（1996年）

高原农业县，
四季绽繁花。
平野千寻阔，
群峰万丈斜。
善光喧不夜[①]，
轻井暑凉遮[②]。
冬奥新闻鼓，
城头妆盛华。

①善光，指长野名寺善光寺，周围已开发成商业繁荣之区。
②轻井，指长野县避暑胜地轻井泽。

访问长野农合组织（古风）

（1996年）

农民盼合作，
起步尽坎坷。
资金与技术，
市场多风波。
取经今东渡，
长野访农合。
一看田里苗，
二看水肥药。
三看机械化，
四看卖上车。
五看资金链，
六看科技学。
产销各环节，
专业有合作。
农民自己办，
事务自起锅。
良种到服务，
技术先讲座。

产品通市场，
销售渠道多。
合作建基金，
分户可贷和。
农民生产事，
农合全解决。
政府给支持，
亦靠农联合。
三天跑农家，
收获特别多。
取经启思路，
我省要松缚。
提倡产业化，
专业办合作。
龙头带农户，
农民少苦磨。
适应大市场，
致富唱新歌。

庚辰春访和歌山，遇中餐馆80余岁烟台籍老板，乃战前侨日者

（2000年）

东土今逢故里人，
未言先哽泪流频。
乡音难慰家山念，
相送依依细语恂。

庚辰春月访日拜会铃木修社长

（2000年）

须眉如雪气凝眸，
铃木掌门三十秋。
技术为先根本固，
市场拼打有长谋。

山口县萩市看陶艺

（2000年）

水土千年火，
文明肇旧窑。
精传成绝艺，
国宝看萩烧。

注：萩市陶艺为山口县指定无形文化财，陶器古朴大气。

庚辰四月访韩出席华侨欢迎晚会

破冰之旅忆当年，
老友汉城歌宴前。
西望家山烟雨霁，
鸡鸣两国万帆悬[①]。

①山东半岛最东端成山头与韩国最近处只有94海里，鸡鸣声两国可闻。

济州岛老龙头

（2000年）

煮海焰红惊鬼神，
长蛟巨蟹化为尘。
黝苍石烬残灰在，
犹向云空吐黑氤。

济州岛海边见海女

（2000年）

碧海为田勤觅食，
劈波击浪似鱼飞。
一天辛苦寻参鲍，
将去商街换米衣。

济州岛有火山石雕人像，唤为阿福，装束类蒙古人

阿福路边常笑迎，
火山砾石镂雕成。
圆头高帽箭衣短，
当是元人望北庚。

济州岛徐福公园

风槎跨海觅神山，
再至济州如故关。
佳话长留连两国，
汉拿西望水云间。

注：园中有徐福石雕像，乃山东省人民政府所赠，余当年亦有幸参与其事。

访印尼与侨商座谈

（2002年）

南洋世乱苦侨灾，
血雨腥风实可哀。
正是中秋千里月，
细听野老说残灰。

注：举办座谈时距1998年印尼动乱方四年。

出席印尼泗水侨团欢迎会

（2002年）

故国侨心一线牵，
打拼不惧认同悬。
惟祈盛世人安定，
便唱繁荣歌舜天。

吉隆坡访马华文化协会

（2002年）

南洋创业慎思追，
大马华群尽鼎碑。
一脉同源承继远，
文坛喜见读新诗。

临江仙·闻戴妃罹难死于巴黎

高贵尊荣无有尽，三千宠爱一身。大婚犹记动英伦。衣香花满市，马跃辂辚辚。　　玉宇琼楼高处冷，清宫孤对残春。今宵桐落弃凡尘。香魂归玉殿，天亦妒红唇。

赫尔辛基西贝柳斯纪念雕塑前

（2004年）

庄严神圣铸辉煌，
大爱芬兰谱乐章。
六百参差钢管阵，
长吟苦难诵荣光。

赫尔辛基参观诺基亚总部

（2004年）

百年名企弄潮头，
身处高端逆水舟。
技术常青方不败，
创新研发最风流。

登欧洲之桅望鹿特丹

双流交汇一河穿，
云挂帆樯万国连。
极目烟波迷远路，
高桅日暮入蓝天。

注：鹿特丹位于莱茵河和新马斯河入海口。欧洲之桅瞭望塔曾为鹿特丹最高建筑。

海牙国际法庭前

正义公平此处伸，
庭前总统死囚身①。
法曹五殿阎罗党，
又有何章诛暴秦。

①时塞尔维亚总统米洛舍维奇囚于此。

访戛纳经国际电影节会场

（2006年）

波平海静细风吹，
万绿丛中映殿帷。
红毯年年天上落，
繁星灿灿满瑶池。

访尼斯

（2006年）

红枫黄槲色参差，
九月南欧秋正肥。
海碧天高心已醉，
漫山亮紫待薰衣。

委内瑞拉看望兖矿铁路项目职工

三年苦战涉千川，
捷报飞来一夕传。
海外雄师兵马奋，
乡关万里庆功旋。

唐多令·壬午秋东爪哇泗水城感赋

异域沐蕉风，中秋碧翠笼。打拼来福地瀛蓬。雷震云翻沧海怒，天常变、血流红。　　祖国盛如龙，南侨倚若嵩。宴画楼歌舞情浓。灯火浩穹青似洗，方进酒、望蟾宫。

唐多令·甲申日内瓦访丁肇中先生

夕照染丘梁，秋深叶正黄。暮色浓灯亮画窗。异国相逢多少话，他乡月、动柔肠。　　美酒郁金香，清茶紫盏尝。共轻歌一曲情长。且待明年东鲁聚，家山远、尽三觞。

亚特兰大卡特总统图书馆

花生总统出农家，
务实求同拓路遐。
中美订交终一跃，
馆藏永久忆京华①。

①中美建交由尼克松破冰，完成于卡特。馆中展出的一辆永久牌自行车为卡特访华时在北京所骑之物。

甲午夏访新加坡夜与斌昌诸君出食榴莲

星岛炎炎七月天，
夜来暑气乱鸣蝉。
华堂宴罢长街走，
口齿留香食臭莲。

卜算子·金字塔上

默默对风沙，多少疑云诡。暗守明封一万重，谁解其中谜。　　人面又狮身，法老登丹陛。沧海桑田何所知，只问尼罗水。

多伦多参观医养结合中心

是大英雄路有头，
老来事事使人愁。
亦医亦养方知好，
风起青蘋应早谋。

利马普克亚纳遗址

夕照如金岁月流，
千年胜迹已荒丘。
先民逝影无从觅，
石斧残陶记史舟。

卜算子・于莫斯科新圣女公墓

三色国旗明，黑白碑前别。赫鲁晓夫叶利钦，大地怀中歇。　　何处觅风流，何处分雄杰。皆是人间土一抔，遍地飞黄叶。

夜游宫・莫斯科红场抒怀

触目俄宫亮赭，忆德寇兵临城下。赴死三军出征也。鼓声沉，铁车鸣，惊战马。　　热血全抛洒，只剩得颓墙残瓦。胜利终归不屈者。望长空，好山河，娇如画。

夜游宫·叶卡捷琳堡英雄广场

难禁心旌震动，列严阵碑听号令。英烈煌煌万年敬。血为云，骨如山，魂铸鼎。　　民族精神醒，莫忘却成仁捐命。束束鲜花唤人警。暮云飞，叶飘零，追思永。

夜游宫·叶卡捷琳堡抒怀

叶堡沉沉雉堞，凭记得沙皇命夺。暴力倾天嗜人血。雪途迷，号声残，空激切。　　八十春秋绝，恰礼葬此城人杰。汉阙秦关一勾月。正微晴，气和煦，天清澈。

注：1998年沙皇尼古拉二世归葬圣彼得堡，时任俄总统叶利钦出席葬礼。叶利钦1931年出生于叶卡捷琳堡。

卜算子·参观冬宫

圣地久萦心，移步层层看。共产幽灵此处生，世界风云变。　　暮色罩冬宫，涅瓦涛声远。铜柱长铭垂汗青，已见旌旗换。

夜游宫·君士坦丁堡圣索菲亚大教堂

地控三洲海路，但闻得千年角鼓。十字街头剑刀舞。奥斯曼，月星旗，天下主。　　尖塔圆穹树，见过了几多秦炬。赫赫繁华化灰土。忽听来，诵经声，天色暮。

唐多令·华沙犹太人纪念碑前

雪压暗云摧，沉沉罩血碑。缓步来心碎情悲。百万亡灵何以慰，双膝屈、世惊雷。　　此举胜空辞，明分是与非。化兵戈玉帛当期。青史千年留一跪，和平愿、大功垂。

注：德国总理威利·勃兰特1970年12月7日在此碑前惊世一跪，化解波德二战之仇。

布拉格查理大桥

母亲河上几多桥，
只有此桥名最娇。
祖国象征游子忆，
卡夫卡恋梦中潮①。

①欧洲著名作家卡夫卡出生并成长于查理大桥附近。他曾说："我的生命和灵感全部来自伟大的查理大桥。"

临江仙·奇琴伊察玛雅废城

历井扪参方外地，苍苍古木遮天。文明薪火自千年。废都风沐雨，望帝唳声寒。　　金字塔高宫阙险，象台月冷星残[1]。谁言浩劫尚云烟。沧桑观太白，五纪显轮还[2]。

①象台，指观象台废址。

②五纪，按照玛雅历法，地球由始至终分五个太阳纪，分别代表五次浩劫，每次都会造成人类灭绝、地球毁灭，然第五次浩劫即2012年“世界末日”之说已过。

酒泉子·飞观墨西哥城

飞越名城。俯瞰高原苍翠。殿阁云，街市旖。傲寰瀛。　　太阳月亮塔双峃[1]，玛雅亡旧祀。夕阳明，如金洗。我心萦。

①太阳月亮，指墨西哥城附近玛雅遗址太阳金字塔和月亮金字塔。

大英博物馆

世界奇珍此馆藏，
文明汇聚共生光。
寰球已是一舟渡，
雄阁巍巍传继长。

卜算子·英首相约翰逊上台

约翰跪王前，强硬如川普。发誓离欧上硬弓，催马谁能阻？　　三岛乱云飞，疑惧笼欧府。世界汹汹格局愁，我且观风雨。

再过旧金山

（2014年）

海青风爽酷炎消，
地满百花山色娇。
心妒苍天多眷顾，
蓬莱仙境下重霄。

美国退出中导条约

连横合纵乱纷纷，
废约条条又退群。
川普昨晨中导弃，
今天俄弹入高云。

法国黄马甲运动已历三月

巴黎城上乱云繁，
百日黄衣戾气存。
马赛战旗街垒舞，
风吹雪拥凯旋门。

菩萨蛮·伤斯里兰卡恐怖爆炸

梵天乐土风云骤，连环爆起中何咒。遍地血斑斑，清平世界翻。　　侈言贫与富，无乱民方佑。四海欲何安，雾遮无数山。

哀巴黎圣母院火毁（二首）

其一

巴黎城上火，
心碎梦难回。
圣母诗悲唱，
声声痛泪催。

其二

巴西烧罢又巴黎，
普世文明普世凄。
遥想中东秦火烈，
几多珍宝恨成齑。

委内瑞拉局势日益吊诡

街头旗乱风云骤，
动荡民生兵与戈。
经济崩盘医食少，
朝堂窥位瓜伊多。
连横灭赵莽川普，
合纵拒秦马杜罗。
万里俄军飞将到，
且看强美又如何。

看曼德拉葬礼

百年苦难尽其身，
今日南非送伟人。
和解族群勋业著，
光辉岁月后来循①。

①1990年香港音乐家黄家驹曾为曼德拉写了一首歌《光辉岁月》，概括了曼德拉光辉的一生。曼德拉听后深深动容。

小阑干·英国公投脱欧引发游行

英国公投动华宸，挂印卡梅伦。风惊三岛，族群撕裂，欧陆纷纭。　　光荣孤立全身退，帝国梦春津。欧洲一体，同心互利，乃幸其仁。

金正恩访华

半岛风云变幻奇，
和谈突现好时宜。
平昌冬奥觉春暖，
华府忽传冰破期。
合纵连横兵马动，
佯攻示守雾烟弥。
惟求邻国莫生战，
北亚繁荣奠盛基。

文金第三次会面，发表《平壤共同宣言》，韩朝结束战争状态

锦绣三千里，
相仇一百年。
文金盟柳阙，
战垒掩旌旃。
长白雪初霁，
汉拿花正鲜。
铸犁销铁剑，
半岛辟新天。

天使（古风）

折翅小天使，
海滩衣透湿。
可知你妈咪，
心碎向天泣。
折翅小天使，
莫问何所以。
人间不要来，
天堂任飞企。

注：2015年9月，一位3岁的叙利亚难民儿童伏尸土耳其海滩的照片引起全世界对难民问题的重视。

生查子·叙利亚内战

多教多冲突，西亚频生乱。建国黑旗军，黎庶遭涂炭。　　杀伐毁家园，四处流民散。罢战曙光升，安定何时见？

小阑干·巴黎一战终战百年祭

桐叶纷飞断人魂，暮雨凯旋门。风摇圣火，琴声呜咽，冠盖如云。　　百年征战皆成梦，白骨化烟尘。千秋铭记，书盟瘗玉，万国贤邻。

菩萨蛮·闻有人丹东炒房铩羽而归

北朝终废丰溪里，美邦放弃川金会。昨日艳阳天，今天风雪寒。　　和平途漫漫，幕后多谈判。炒屋到丹东，可怜只做空。

注：川金会，指川普与金正恩会晤。

生查子·瓜达尔港

大食烟云迷，西越流沙出。瓜达尔港何，一路连疏勒。　　由此通欧非，马六何须舶[①]。古道万商来，百驿无烽坼。

①马六，即马六甲海峡。

沙特记者哈苏吉遇暗杀（古风）

风波忽骤起，
世界议纷纭。
尴尬特朗普，
何辞对世人？
沙特乃老友，
反伊守大门。
军火订千亿，
岂能风吹云？
宁可自打脸，
要替土豪隐。
最高是利益，
正义且莫论。

新西兰旅次

（2010年）

岛极南天四季明，
人稀地广几多城。
可怜只怕宾朋少，
碧水青山寂寞生。

闻冯德莱恩当选欧盟主席，拉加德获任欧州央行行长，两女子掌门欧陆矣

龙墀凤阙耀金瓜，
敷粉施朱国亦家。
拉姐清勤冯姐圣，
朝堂问政两枝花。

西荷兰访友

田园遍植郁金香，
绿草如毡花绕房。
远望风车疑入画，
白云漫卷过丘梁。

蒿　峰　山东鱼台人。史学硕士，先后就读和任教于山东师范大学历史系、山东大学历史系。1989年后任职于山东省农业委员会、山东省人民政府办公厅。历任山东省人民政府副秘书长、研究室主任、办公厅主任，山东省人民政府党组成员、秘书长、办公厅党组书记兼省社联副主席。现任山东省人民政府参事、山东诗词学会常务副会长。发表历史和农经论文30余篇。出版专著有《听它们讲》《故圃杂花》；诗词集《云起楼诗存》《山左履痕》。与他人合作编著《中国皇帝全传》《中国皇后全传》《山东农村改革二十年》等书。担任大型丛书《山东地方文献集成》《山东通史》副主编。

雲起樓詩存

续集（下）

蒿峰 著

山东人民出版社·济南
国家一级出版社 全国百佳图书出版单位

图书在版编目（CIP）数据

云起楼诗存：续集/蒿峰著.--济南：山东人民出版社，2020.7

ISBN 978-7-209-12599-4

Ⅰ.①云… Ⅱ.①蒿… Ⅲ.①诗词－作品集－中国－当代 Ⅳ.①I227

中国版本图书馆CIP数据核字(2020)第097981号

封面题字：李刚田
责任编辑：王海涛
助理编辑：谭　天
装帧设计：李海峰

云起楼诗存：续集
YUNQILOU SHICUN：XUJI

蒿峰　著

主管单位　山东出版传媒股份有限公司
出版发行　山东人民出版社
出 版 人　胡长青
社　　址　济南市英雄山路165号
邮　　编　250002
电　　话　总编室（0531）82098914
　　　　　市场部（0531）82098027
网　　址　http://www.sd-book.com.cn
印　　装　山东新华印务有限责任公司
经　　销　新华书店

规　　格　16开（160mm×240mm）
印　　张　33.25
字　　数　300千字
版　　次　2020年7月第1版
印　　次　2020年7月第1次
ISBN 978-7-209-12599-4
定　　价　158.00元（上下册）

旧诗百年（代序）

蒿 峰

自1917年1月胡适发表《文学改良刍议》，1918年1月胡适、刘半农等人在《新青年》杂志发表白话诗，鼓吹抛弃旧体诗、打倒旧体诗以来，旧诗不爽已百年有余。

在这一百年间，旧诗遭到了无情的嘲弄、谩骂，从而被大多数读书人尤其是年轻的一代彻底抛弃。然而，它依旧顽强地抵抗并在绝望中自救图存，经历了低潮到复兴、再低潮再复兴的曲折历程，薪火尚存，绵延不绝。这一百年，风云激荡，变化万千。我们在表层所看到的是旧体诗的起起伏伏，但在这个表象背后，是什么看不见的客观规律在主宰这一场变故，值得我们深入探讨，以便于认识客观规律，更好地传承和弘扬优秀传统文化，推进诗词事业的健康发展。

旧体诗发展到今天，大致经过了四个阶段。

第一个阶段，1917年至1927年，大约十年时间，这个阶段可以称为旧体诗“被打倒”阶段。当时正值清王朝被推翻，民国建立，中国陷于军阀混战、政治混乱时期，同时也是思想文化界最为活跃和激进的时期。近代以来，西风东渐，西方的社会政治思想和文化一股脑涌入中国，一部分中国知识分子接受了西方的新思想、新文化观念。他们以胡适、陈独秀、钱玄同等人为代表，主张全盘西化，把从属于封建制度的一切文化全部打倒，在建立新的国家、新的政治制度的同时，建立新文化、新思想、新道德。他们认为，随着旧的科举制度的废除，禁锢中国人思想的四书五经，封建道德文化，八股文乃至于文言文、诗词歌赋都必须抛弃，甚至有人提出“汉字”是万恶之源，必须予以废止。在这种极端社会思潮之下，形式与内容被混为一谈。他们认为旧体诗格律过严、桎梏情感，是“孔家店”里的谬种妖孽。废除旧体诗一时间成为革命的突破口，推广白话文、白话诗成为革命的旗帜和代名词。于是，写格律诗被称为老封建、顽固、反动、腐朽、迷恋骸骨，好像谁再写旧体诗谁就是老土。短短几年时间，旧体诗迅速没落，从几千年文学的正统被一脚踢下神坛，永远开除出“文学史”。从更深层次说，随着科举制废除，新的教育制度建立，新学堂学习新知识，作为科考进身之阶的四书五经、八股文、诗词歌赋不再被纳入系统教学的范畴。旧体诗的老根被拔掉，使这场沦落更加不可逆转。虽然这一时期有王国维、章太炎、严复等人坚持旧体诗不可打倒，吴宓、蔡元培等人主张诗体改良、松桎梏、去晦涩、吸收白话，然而大势已去，徒增螳臂当车之感。思想文化层面的唾弃伤了旧体诗的枝干，教育上的改革尤其是教育内容的变化则刨了旧体诗的根。

第二个阶段，自1928年至1949年，是旧体诗自救阶段。这一阶段的特点是，经过大规模致命摧残之后的旧体诗界，重整旗鼓，砥砺自救，缓慢复苏。在这一阶段，我们可以更多地看到人与教育的巨大作用。1928年后，中国进入一个社会相对稳定的阶段，在白话诗独霸诗坛的情况下，旧体诗也在发展。尤其在文化界、教育界，各种各样的旧体诗社团或强或弱地在活动，出版刊物、赏诗酬唱相对活跃。这种规律的潜在运行，首先是人。受过旧诗系统教育、习惯于用旧体诗表达感情的人，他们人还在、心未灭。他们不乐见有些白话诗不讲声韵，浅显粗疏而张扬。他们所受的教育使他们仍然习惯旧体诗的思维，习惯用旧体诗的语言描述当下的语境。一部分人坚持写作旧体诗，一部分受新文化运动影响深刻的人士既写白话文也写旧体诗，如鲁迅、郁达夫、郭沫若等人。更有意思的是，一些白话运动的骁将，那些亲于将旧体诗斩于马下的激进知识分子，如刘半农、林语堂、沈尹默、闻一多等人也逐渐重捡旧诗，"勒马回缰作旧诗"。闻一多重谈旧诗的格律之美，说："恐怕越有魄力的作家，越是要戴着脚镣跳舞才跳得痛快，跳得好。"除知识界外，社会上政界、军界、财界许多有浑厚文学功底的人也一直在写作旧体诗。

其次是教育。1928年以后，中国新教育体制牢固确立。教学内容除现代科学技术、西方文理之外，传统文化依然占据较大位置，中古文、古典诗词歌赋仍然是中小学生必修的语文知识。可以说传统文化的大树虽然连根被砍，但小的根脉依然输送着养分，使旧体诗词不至于即刻干枯。有的中小学教师不但本人写旧体诗，还有意识培养学生的吟诵和写作能力，为旧体诗的发展储备了人才。新中国成立后，一些老科学家、老教育家精通格律，能写出漂亮的诗词，民国的教育恐怕是源头的活水。

正是有了这些人，有了这样的教育，旧体诗在20世纪三四十年代出现了短暂的复兴。当列强环伺、外族入侵之际，在国土沦陷、人民涂炭之时，诗词史上岑参、杜甫、辛弃疾、陆游、岳飞、文天祥等人的诗魂又在中国人的心中复活。政界、军界、文化界以及各阶层人士以旧体诗词作刀枪，抒发爱国之热情、报国之壮志、怜民之情怀，涌现出一大批鼓舞人民抗战杀敌的优秀诗作，形成旧体诗创作的一次复兴。有人把这次复兴归结为"家国不幸，诗人幸"。这固然有一定道理，但更重要的是这部分人还在，传统文化的教育和浸润还在，因此中国人血液中诗的密码还在，方才有此短暂的光辉。

第三个阶段就是1949年中华人民共和国成立到20世纪80年代，这一阶段是旧体诗的濒死期。这一阶段，从社会意识形态讲，孔孟之道受到更加猛烈的批判，帝王将相、才子佳人与旧的文学形式被看作封建余孽，只能被批判、被羞辱、被抛弃。传统文化中的诗词歌赋在中小学教育乃至大学文科教育中被边缘化，诗词在课程中的分量越来越少，到“文化大革命”中基本根绝，解放后出生的年轻一代根本不知格律诗词为何物了。

再从人的角度来分析，清亡之前接受过传统文化和诗词教育的那一代人已经老去，民国时期受到过一些传统文化熏陶和教育的那一代青年也步入中年，到20世纪80年代时已迈入老年。而生在红旗下的那一代基本与旧体诗词绝缘，传承的薪火行将熄灭，旧体诗词风烛残年，行将就木。

这一阶段的诗坛，我们听到的是白话诗高亢的旋律、昂扬的激情和震天撼地的豪迈。在旧诗被鄙视被抛弃的形势下，老一辈多已不去写旧诗，写了也无处发表，还要冒被诘问被怀疑的风险。极少数文化教育界的老人还会写几首旧体诗词，抒发自己的感情，但一般秘不示人。只有老一辈革命家，我们可以见到他们发表的旧体诗词。毛泽东主席自不必说，他的几十首诗词一直鼓舞着全国人民的革命热情，朱德、周恩来、董必武、谢觉哉、陈毅、叶剑英等人也有不少优秀的旧体诗发表。但这些革命家的旧体诗并没有引领全社会进行旧体诗词创作，同样也救不了旧体诗的衰落。倒是毛泽东主席对旧体诗词怀抱巨大的热情，他说他自己是“偏爱格律诗”的，曾对在身边做秘书工作的梅白同志说：“旧体诗源远流长，不仅像我这样的老年人喜欢，而且像你这样的中年人也喜欢。”他号召“旧体诗词要发展，要改革，一万年也打不倒，因为这种东西最能反映中国人民的特性和风尚”。仔细分析毛泽东主席的论述，可以看出，他一方面认识到旧诗体现中国人民的特性，应当存在和发展，一方面又认为旧诗要改革。但这个改革应当怎么搞，朝哪个方向改，亦不明确。文化界郭沫若、臧克家等人过去新诗旧诗都写，他们与毛泽东主席讨论过旧诗的改革，并积极推行，但成绩并不显著。“文化大革命”时期，从天津小靳庄发端，农民工人写诗，在田间地头、工厂车间搞赛诗会，迅速遍及全国。其意在于工人农民解放军占领文艺阵地，其诗作不讲格律，白话入诗，标语口号慷慨激昂，但语言空洞，几近打油，热闹一阵便自我消亡。诗人们的改革，集中于白话入诗上，实则走上了20世纪20年代一些诗人的老路，注定不会造成深远的影响。

然而山穷水尽之时，迎来了柳暗花明。

20世纪80年代初，一大批老革命恢复工作，被打倒的文化界、科技界、教育界一大批老专家、老教授也被释放。禁锢打开了，改革开放的春风也吹到了诗词界。这些老专家、老教授是在20世纪20年代到40年代受过系统传统文化教育的，许多人喜欢并坚持写作旧体诗词。旧体诗创作开始恢复，开始为人们所知，聂绀弩的旧体诗横空出世，立刻圈粉无数，受到各阶层人士超出想象的欢迎。也就从此时起，各地诗社开始建立，诗刊和诗词出版物越来越多。山东诗词学会，就是邓颖超主席到山东时提出来，由山东一些老干部发起并于1984年成立的。全国各地旧诗开始复苏大约都是在这个时间。直到21世纪初，旧诗的活动都还是小众的诗词创作，虽然诗词出版、诗词教育、诗韵改革都在进行，但改革的力度不大。党的十八大以后，以习近平同志为核心的党中央高度重视中华优秀传统文化的传承和弘扬，把其作为建立文化自信、实现中华民族伟大复兴的重要工作来抓，旧诗至此才迎来了真正的春天。

在对旧诗百年来走过的曲折道路进行了分析之后，便可以清楚地看到，在旧诗百年的起起伏伏中，教育和人起着推波助澜的作用。是那些受过传统文化教育的人打倒了旧体诗词，同样也是那些人传承并发扬了诗词文化。他们有时狂暴，有时隐忍，有时大声疾呼，有时噤若寒蝉，在这一表象背后实则是社会意识形态对中国传统文化的态度。当社会全盘否定传统文化，把传统文化视为封建糟粕的时候，一切旧的文学形式被看作与旧的文化同罪，随着泼出去的脏水，把孩子一起倒掉了。而当社会冷静客观地看待传统文化，抱着批判扬弃的态度，抛弃糟粕，继承精华，旧诗便得以残喘续命，甚至实现有前提的复兴。

当前，党中央大力传承和弘扬优秀传统文化，为旧诗的发展提供了百年来最好的社会意识形态环境。旧诗的复兴和繁荣是万众期待的。置身这个伟大的时代，我们应当从百年历史中汲取什么，应当如何为旧诗的传承和发展去奋斗，我觉得应当明确以下几点。

第一，要创造新时代旧体诗的繁荣。我们搞旧诗改革、传承与发展必须从这个基点出发。旧诗的格律、表现方式，使用的语言、语境是那个时代所特有的。现在写旧体诗要立足于时代的变化，用新的意境、新的词汇去表现现代人的生活和文化。在历代诗词群峰并立的背景下形成新时代旧体诗词创作的又一个高峰。

第二，诗界革命迫在眉睫、任重道远。旧诗格律声韵的改革必然创造出新的诗词形式。这个形式要符合当代人的语境、知识结构和表述方法，要有时代性，这是一个宏伟的目标。做好这个改革，最基础的工作首先是继承。如果不重视古诗传统的继承讲改革，只能流于浅俗，不注重文化积淀和文化素养的提高讲改革，只能使旧诗重新走上顺口溜的道路而被抛弃。改革的路是漫长的，不可能一蹴而就。改革的途径是尽量扩大参与面，不断推进新的实践，得到社会大多数人的赞许。改革的重点是求新，追求新主意，使用新语言，创造新意境，在改革推进中要大力提倡和鼓励百花齐放、百家争鸣。有的人肯定会继续喜欢旧诗的形式，遵守格律和老韵，更不排除会有很多国学功底深厚、富有家学渊源的诗人写出脍炙人口的好作品。我们要反对一味泥古拟古，更要警惕对格律形式的僵化和自创戒律、自窒生机，要主动向新诗学习，学习新诗的意境、形式、语言，来丰富旧诗的创作。只有百花齐放、兼容并包、互相碰撞、互相借鉴，才能完成这一改革，推进旧诗的繁荣。

第三，要把教育放在第一位。百年旧诗的沉浮，我们看到教育的威力，如果没有民国时期传统国学的教育，旧诗的一线生机、一丝薪火恐怕早就断了。而要推进旧诗的传承和发展，国学的教育是重中之重。学校的教育是基础，课程的设置要适当增加国学和旧诗的比重，在青少年中播下诗的火种。学校外的教育是重要的补充，要在政府的支持改革下，多种形式、多种层次地开展对成人的国学教育、诗词教育，支持诗词进学校、进社区、进企业、进机关、进农村、进家庭，扩大普及面。要动员社会力量，支持诗词社团活动，要给旧诗的发表提供平等的园地，支持诗词进入文学殿堂。相信有国家前所未有的重视和支持，有广泛的教育基础，有广大旧体诗爱好者的热情参与，中国旧诗定会迎来发展进程中姹紫嫣红、花香蝶舞的又一个高峰。

2019年10月

总　目

目　录

目录

目录

目录

第九卷 神州行旅

临江仙·南京参观全国美展

春暮远行江南岸，销魂三月金陵。柳花如雪漫全城。秦淮十里秀，玄武水波明。　　琳琅满壁知大美，流连沉醉心灵。大师巧手绘丹青。湖西三五子，学习有明灯。

诉衷情·金陵行

金陵四月百花芳，十载梦为乡。江南北雁来栖，振翅绕楼翔。　　牛女淡，鹊桥长，费思量。阳关望断，烟树千丝，东去长江。

卜算子·南京总统府

六代粉如河，烟雨南朝寺。列戟辕门江督衙，忽作金砖砌。　　虎踞石城雄，王气秦淮泄。百万雄师樯橹飞，数点偏安泪。

采桑子·秦淮看柳

桥头摇曳河边伫，点点含烟。眺尽长干。自是多情燕子还。　　佳人国破绵绵恨，南浦情牵。王谢堂前。十里秦淮旧梦闲。

小阑干·虹口鲁迅墓前

松柏长青国之魂，梅放掩孤坟。鸡虫白眼[①]，人间直道，冷对荆榛。　　世人之病原心志，扁鹊只医身。文章如土，中华血沃，秋雨寒云。

①鲁迅先生有诗曰“白眼看鸡虫”，意思是不正眼看那些屑小之人。

壬申八月至长白山天池见云开雾去一片大明，闻有三次登临而不见天池者

瑶池接昊封，
云雾锁真容。
大将三停马，
余今一谒逢。

延边旅次

儿时记忆最悠长，
歌唱延边传四方。
一曲江河归大海，
葵花万朵向朝阳。

满洲里见多年未联表舅

万里亲情在，
飞鸿少素书。
边城相拥苦，
无语只唏嘘。

小阑干·十三陵

天寿龙盘起祥云，玄殿落星辰。沧桑神路，龟趺伟峙，笏贵臣勋。　　土深风聚佳山水，千岁万秋尘。夕阳陵树，断烟衰草，抚阙销魂。

采桑子·冬初过徐州

古来四战兵争地，千里秋霜。赤野苍茫。多少王侯冢已荒。　　城头雉堞秦时月，西楚皇皇。大汉泱泱。废垒残丘叹帝乡。

扬州梅花岭史可法祠

少时曾拜督师堂，
忠气弥天日月长。
信国同君精魄在，
梅花无此万年香。

镇江金山寺

长天一览大江横，
名刹烟飞潮未平。
梦里惊鸥古瓜渡①，
犹闻红玉鼓声声②。

①瓜渡，指长江上瓜州古渡。
②红玉，指梁红玉，抗金名将韩世忠的夫人。当年在金山妙高台亲自擂鼓，大破金军。

金山法海洞

发愿开山归大乘，
金焦古寺望江澄。
可怜一曲白蛇传，
难洗沉冤苦命僧。

卜算子·菊香书屋

黛柏掩花墙，黄菊秋香溢。墨气云封万卷书，千古潇湘客。　　岁月似江河，扣户寻无迹。日月同光遍九州，四海铭金册。

卜算子·西花厅

清魄照西厅，夜夜孤灯亮。海棠花开春又荣，你在天堂望。　　许国死生轻，九鼎孱身当。忠骨英魂河岳收，处处繁花享。

卜算子·紫光阁

望柱尽雕龙，白石围雄阁。勒壁功臣五十图，昭代丹铅剥。　　宝训去浮华，命将传金爵。柳外波平映紫光，绕阁云烟烁。

卜算子·怀仁堂

凤踞万方朝，龙潜沧溟数。百载风云赤县雷，历历惊心腑。　　将帅耀星空，妖孽华堂锢。中海春繁入画图，鹳鹤波中舞。

国子监明清进士题名碑

龙门一跃入沧瀛，
玉殿传胪万世荣。
莫说登科金紫贵，
悬梁刺股忆囊萤。

壬申秋参观十三陵水库地下龙宫

北山拦万水，
蔽日桧松青。
穷地营龙窟，
搜天罗百灵。
声光人鬼幻，
色电鸟虫形。
浪底穿梭险，
惊魂岸上听。

北京国子监口占

为国储才地，
楼台接碧天。
红墙连翠柏，
丹陛照经筵。
养士千年计，
明伦百代传。
莘莘皆砥柱，
济济聚英贤。

煤山崇祯帝殉身处

宵旰辛劳皆化尘，
老槐犹记挂龙身。
煤山何幸铭青史，
使我今来泪满巾。

过燕市因忆文丞相

夜半常闻风雨鹗，
魂依燕市海门潮。
江山易代多忠鬼，
浊酒三杯一例浇。

沧州道上

沧州车渐近，
夜奔忆凄凉。
风雪山神庙，
烟吞草料场。
昔时高太尉，
今日慕陈王①。
泾渭忠奸别，
天青气自昂。

①慕陈王，指高官腐败者慕绥新、陈希同、王宝森。

北京恭王府口占

喧赫朝纲乱，
金银似海藏。
春来北归燕，
今落哪家梁？

酒泉子·西双版纳纪游

南国天澄，金塔如林佛郡。凤竹摇，葫芦韵。动魂听。　　澜沧江水南流去，雨林深蔽翳。鼓三弦，傣家舞。感春萌。

酒泉子·云南热带植物所

异草奇花，热带雨林宝库。捕虫莲，龙血树。绽仙葩。　　罗梭环绕清江水。名园多秀美。斩虫蛇，除瘴疠。誉南华。

菩萨蛮·橄榄坝

吊楼椰椰芭蕉绿，微风摇曳芊芊竹。异果满街塘，奇花阵阵香。　　水飞如急雨，婀娜傣家女。舞罢乱脂痕，歌声天上闻。

江城子・乘船游洱海

古叶榆海水茫茫，雾微凉，雁声长。风花雪月，最美白家娘。波静兰舟山色远，歌一曲，透雕窗。

酒泉子・途次大理

南诏名城，洱海苍山环拱。五华云，崇圣梦。鸟争鸣。　　风花雪月其风美，洞经仙乐粹。绕三灵，三月会。喜新晴。

到昆明

千年漫漫称蛮荒，
流彩华灯夜未央。
绿醉红稠南国美，
奇花四季醉风香。

滇池口占

西山横卧美人津，
渔火星星接碧宸。
谁记滇王池上树，
春城新市阙嶙嶙。

金马碧鸡坊

东骧神骏腾金马，
西翥凤仪鸣碧鸡。
日月交辉天庆瑞，
汉家正朔彩云西。

讲武堂

列强环伺叹苍惶，
虎聚昆明讲武堂。
养士储才磨一剑，
功图麟阁奋鹰扬。

蔡都督

把剑长歌拭血痕，
干戈连岁向谁论。
南天烽火撼金阙，
再造共和国士魂。

晚宿芒市

前行已到怒江西，
南地山光映彩霓。
佛塔辉煌明两国，
胞波之谊共年齐。

瑞丽之晨

择竹为邻依水庐，
腰身柔曼鬓花初。
蕉林细雨笼轻雾，
风伴芦丝舞彩裾。

姐告国门

祥云五彩照天南，
翠拥边城列玉簪。
商贾通关行万国，
车流如水马骖骖。

瑞丽银井寨

一寨分中缅，
胞波情意牵。
石碑虽有界，
民众近无边。
婚嫁同连理，
营生相往还。
声声鸣象鼓，
卜哨舞翩翩。

畹町望缅北

烽火连天起，
旌旗出汉关。
扬威同古镇，
饮恨野人山。
壮士黄沙弃，
将军马革还。
南荒枯草下，
忠魄血斑斑。

注：1942年3月，十万余中国远征军将士自畹町出关奔赴缅甸战场。

过保山因思永历南播

三宣六慰叹飘零，
铜壁关前解甲声。
乞命佤城思故国，
荒茅野竹废王营。

腾冲来凤山

有凤来仪滇越西，
山如点翠岭如圭。
千邦异宝此方进，
驿路弯弯听马蹄。

到腾冲

西陲呼重镇，
随梦到名城。
印缅通邻国，
夷方货翠琼。
马帮行路远，
古道响铃清。
夜静边声伏，
凭栏看月盈。

驼峰航线英灵祭

捐躯平国难，
效命战长空。
生死驼峰线，
存亡血脉通。
亚欧同敌忾，
中美建奇功。
伟业铭青史，
丰碑万世雄。

和顺古镇

瘴烟古径走夷方，
文重弦歌继世长。
滇越穷边有邹鲁，
诗吟和顺又千章。

松山祭

松山敌血污征袍，
风雨声闻厉鬼朝。
泪洒三卮慰灵酒，
八千英魄一旌招。

腾冲国殇墓园

绝徼战云横，
滇西浴血争。
残倭狂兽斗，
杀气鬼神惊。
天地纲常正，
英雄死国荣。
三光铭大义，
千载照荒旌。

艾思奇故居

能敌千军一本书，
传疏马列万灯余。
从龙建业有功在，
竹影寒阶识旧庐。

自潞江坝溯怒江而上

怒江天上落，
两岸山惊走。
浓雾化云开，
流深满谷吼。

翻越高黎贡山

轻车凌竹海，
飞越高黎贡。
脚下乱云飘，
雪山恍若梦。

采桑子·由怒江至片马

东瓜苦守军威震，力挫凶顽。独挽狂澜。殉命沙场战血丹。　　英魂不灭南荒恨，片马家山。挽幛飞幡。天地同悲忠骨还。

注：1942年3月，戴安澜将军率第二〇〇师作为中国远征军先头部队出征缅甸，死守东瓜，掩护英军后撤，取得入缅第一捷。5月远征军兵败缅北，将士抬戴安澜将军遗骨且战且退，从片马退回国内。

片马国门

茶山六寨向何寻，
片马之南罗碧岑。
寂寂名关门昼闭，
时闻缅北炮沉沉。

注：茶山原有九寨，明清两代分属茶山长官司、永昌府登埂土司管辖。百余年前被英国殖民者侵占。1961年，缅甸还我片马、古浪、岗房三寨，其他六寨永弃边外矣。

参观怒江大龙塘易地扶贫安置点

四月杂花千壑开，
迁居僻寨下山来。
脱贫重在穷根断，
共赴小康征鼓催。

生查子·梦游丙中洛

天堂何处寻，大美丙中洛。薄雾蔽山林，七彩花阡陌。　　人和神共居，佛号连教铎。情寄水云间，多族吉祥乐。

注：贡山丙中洛风景绝美，多族同处，多元文化，和睦共存，诚人间天堂也，心向往之。

生查子·闻总书记祝贺独龙族整族脱贫

有族曰独龙，绝徼天难眷。家贫四壁空，好女文其面。　　脱困号声催，奋斗山河变。一个不能丢，人间称伊甸。

注：独龙族身处高黎贡山深处，生活极度贫困。2015年1月，习近平总书记接见独龙族群众，提出“小康路上一个都不能少”。经过两年多的奋斗，独龙族已经实现整族脱贫。

泸沽湖边作

含烟吐翠美泸沽，
山色湖光入画图。
不羡人间千种好，
摩梭代代尽仙姝。

湖心岛里务比古寺作

里务经幡听佛音，
净山净水照禅心。
此生此悟归何处，
且向泸沽湖上寻。

注：泸沽湖心岛上有里务比古寺，乃藏传佛教道场，彩幡飞扬，经声缭绕，亦为一胜景也。

丽江古城木府口占

宫室如王者，
西南重镇闳。
千年尊正朔，
百代绾簪缨。
教化民风厚，
安边四塞平。
登楼天地远，
瑞气满边城。

夜宿丽江古城

走过腾冲又丽江，
小城长驻旧时光。
夜无驮马敲街径，
犹觉铃声入梦乡。

6月7日登上玉龙雪山4600米

天地初开生混蒙，
神山四季雾常封。
松涛伴我排云上，
雪甲银鳞拜玉龙。

清多尔衮陵作

（1992年）

挥兵四出只横行，
扫荡明家一百城。
惜未龙飞看定鼎，
临儿銮驾进神京。

江城子·乙亥夏井冈茅坪

黑瓦黄墙旧茅坪。倚山明，聚群英。工农割据、湘赣看旗升。五井烽烟兴伟业，听金柝，看龙腾。

忆秦娥·歌乐山

泪凝噎，黎明命断渝州月。渝州月，凄清烟色，壮魂伤别。　　神京建国万民节，忠诚尽洒腔中血。腔中血，英灵碑照，千秋遗烈。

渣滓洞

寒气摧人四壁凉，
抚胸自问对高墙。
当年缧绁千般苦，
可有初心永不忘。

峨嵋山万年寺

万丈峨嵋此寺幽，
芒鞋十载旧曾游。
杨枝白象已三梦，
云起禅堂若画舟。

菩萨蛮·己卯春过三峡

层峦叠嶂遮天日，江流直下听猿泣。飞漱过三峡，林寒四五家。　　烟云腾绝壁，神女知何觅。大坝卧长龙，空余十二峰。

忆秦娥·参观丰都鬼城

西风冽，丰都鬼域阴阳契。阴阳契，明彰六典，法行如铁。　　人间善恶难分抉，阎罗殿上终须结。终须结，层层地狱，大奸魂灭。

菩萨蛮·三星堆

蚕丛纵目千年谜，三星堆拓新天地。寄梦此荒台，文明何处来。　　问天何所意，金玉诸神祭。巴蜀古城邦，烟云非异乡。

醉花阴·过晋祠

殿阁巍峨唐侯庙。悬瓮佳泉绕。晋水解州清，沃野阡平，柳色催人老。　　隋槐周柏苍然槁。兴废知多少。幻变与浮沉，莫负青春，便是禅林渺。

江城子·过柳林至黄河

吕梁西守晋西疆。右河梁，左汾桑。龙门劈断、浊浪走茫茫。扼控三边连鬼朔，山苍赭，柳初黄。

忆秦娥·文水刘胡兰碑前

悲风咽，寒凝三晋犹飞雪。犹飞雪，红梅初放，点点如血。献身革命素心决。铡刀难改文山节。文山节，盈充天地，高标山碣。

江城子·洛阳龙门石窟

清清伊水过龙门。阙双分，绕祥云。千尊百窟，瘦劲显丰神。三尊慈目度人劫，心空相，亦无尘。

江城子·妇好墓前

执锐披坚战沙场，数封疆，建功煌。如山将帅、岂料乃娇娘。甲骨刻铭屏雾去，经洹上，吊祠荒。

酒泉子·安阳殷墟记怀

洹上雄都。迁庙盘庚建社。倚太行，携华野。九州图。　　殷人失德朝歌火。金汤基业堕。叹繁华，看荒廓。意踌躇。

过商丘忆侯方域李香君

须眉枉愧问钱侯，
何不为君断此头。
一姓纲常千古义，
孤臣代代血横流。

戊戌夏日过邯郸

卢生渐老鬓毛苍，
依旧丛台忆赵王。
林下优游餐紫露，
从今不再梦黄粱。

车过华清池

阆榭香池记盛唐，
马嵬旗卷六军旁。
开元世誉尧王治，
天宝人嗤纣帝亡。
杨女呼郎承泽日，
安儿矫诏陷河阳。
楼高楼塌君家事，
陈迹空留话短长。

道经洛阳

车过洛伊临北邙，
轻烟薄雾掩沧桑。
秦碑汉阙销磨尽，
只有长叹对夕阳。

酒泉子·喀什香妃墓

沙枣花香。百媚千娇难弃。谨端持，勤服事。贵荣长。　　一弯新月明穹际。陵寝多壮丽。碧琉璃，春秋祭。望宫墙。

卜算子·伊犁将军府

雉堞势凌云，夕照熔金烁。一统天山南北疆，九拱星城错。　　大将建牙旌，戍守屯田陌。烽火极边连玉关，绝塞丰碑凿。

宿伊犁

汉家绝塞列营帏，
秋草连天边马肥。
飞将严关月氏远，
承平犹念赴戎机。

己巳秋初过火焰山

焦风热浪苦熬油，
地火腾腾无尽头。
极目天边天为烬，
沙惊鸟绝使人愁。

己巳初秋考察交河故城

汉家绝域数西征，
断臂匈奴第一城。
秋草残烽斜照晚，
封侯当此挽长缨。

漫步三亚老城

槟榔摇曳映人眸，
一片榕荫掩画楼。
琼岛风情春雨夜，
花香南韵小街流。

海南惊花

老夫非是爱花人，
一到琼崖便走神。
人不醉花花自醉，
千般颜色万般春。

三亚口占

道是天涯未有涯，
早春二月满山花。
千年烟瘴南荒地，
塞北征鸿乐此家。

海南杂咏

汉黎杂处此桃源，
海上垄头生计繁。
自与中州风土异，
男蹲茶馆女耕田。

庚辰夏八月入扶风法门寺

瞻佛登高阁，
心惊大觉身。
祥云飞五色，
世界了无尘。

酒泉子·甲午夏到西宁

大美湟中。唐藏咽喉古邑。锁西陲，通雪域。望飞鸿。　　凤凰烟雨北山积，湟川春水溢。海青青，花儿逸。最情浓。

忆秦娥·海晏记行

祁连月，高寒绝域营如铁。营如铁，黄沙衰草，情怀凄切。　　起家白手尽人杰，国之重器朝天列。朝天列，丰碑傲立，功图神阙。

注：海晏县西海镇为青海海北藏族自治州州府所在地，过去是原子弹、氢弹研制基地，设有原子城纪念馆。

酒泉子·海北州

千里祁连。天际峰峦白雪。一层层，青草迭。绿无边。　　牧庐代代如云错。汉家营卫霍。朔天平，销金柝。乐长安。

卜算子·草原夏夜

云墨压山原，牧犬遥遥吠。毡帐灯光次第开，酥奶飘香气。　　激越马头琴，远古风烟晦。万点繁星肩上落，夜坐心儿醉。

陈巴尔虎右旗途次

轻车四日三千里，
漠北闲游五牧城。
尽阅星关形胜地，
归来两袖草香生。

赤峰夏夜

林海苍苍水草菁，
金辽盛世上京城。
穹庐夜饮烤羊美，
一曲长歌酒一觥。

翁牛特旗

瀚海明珠望赤峰，
草原丰美远山松。
金戈铁马朵颜地①，
世重中华第一龙②。

①翁牛特旗是明代朵颜卫所在地。
②红山玉龙出土于此旗。

卜算子·胡雪岩故居

黛瓦白墙高，闹世山林俏。元宝街头车马尘，富贵何分教。　　真率本无奇，存厚方为道。楼起楼坍宿命中，亘古如灯照。

临江仙·溪口

水绕山环飞凤地，群峰澄练云移。中阳王气翠屏西。山光明雪窦，海色照剡溪。　　丰镐画楼晴日里，白岩修竹听鹂。妙高台上望南陲。墓庐依旧在，花草待魂归[①]。

①20世纪50年代中期，中央请章士钊转信给蒋介石，倡导第三次国共合作，提出台湾回归祖国、完成统一大业的心愿，信的末尾说：奉化之墓庐依然，溪口之花草无恙。

菩萨蛮·访日月潭涵碧楼

湖平似镜天如洗，青山四面犹雄垒。南渡困途穷，潭清吴越宫。黯然王气散，故国山河晏。回首浪千重，跨台飞彩虹。

访高雄共赏贵妃醉酒

海岛冰轮初转腾，
贵妃醉酒惹乡情。
清晖遍洒中秋夜，
两岸山河共月明。

参观彭城镇磁窑博物馆

窑火千年继，
磁州绝艺传。
温莹如美玉，
瓷苑一枝妍。

游响堂山

鼓山藏古寺，
滏水拜师尊。
礼佛青云上，
摩崖证善根。

涉县娲皇庙记

炼石抟泥开混茫，
琼楼翠岭祀娲皇。
千年滚滚清漳水，
永记中华一脉香。

访解放军驻港部队

荷戈港岛作干城，
威武之师细柳营。
九七回归兵马动，
犹闻虎啸一声鸣。

南宁青秀山铁树林

岭南山色照烟岑，
青秀云横绿正深。
铁树开花几番见，
繁荣多族庆同心。

山花子·兰州九州台看文溯阁《四库全书》

细雨轻车上极巅，宫墙掩映翠松间。四库兰州金锁固，庆瓯全。　颠沛流离兵火劫，九州台上暗香漫。文溯长河涵我夏，万年传。

兰州行

丝路称名镇，
黄河踞上川。
金城关峭险，
白塔寺高悬。
拔地新区起，
连天绿草延。
西行望欧陆，
万里响驼传。

敦煌即景

车追残燧到敦煌，
疏勒瓜洲又锁阳。
旧地名存刻青史，
千年一梦汉关长。

敦煌洞窟记忆

飞天伎乐华，
梵呗伴铜琶。
诸佛讲经处，
长空忽雨花。

莫高窟

天竺向东方，
三危现佛光。
乐尊开圣窟，
伽寺盛敦煌。
聚散千年短，
兴衰百学长。
沙州斯伯劫[①]，
石室叹苍凉。

①斯伯劫，指斯坦因、伯希和运出大量敦煌文物。

看敦煌千佛洞历史展

文化伤心史，
敦煌浩劫深。
三危佛光佑，
世世听清音。

月牙泉

灵泉穷碧落，
水镜半轮中。
白草摇风碎，
鸣沙动地隆。
鳌龙沉渥海[①]，
天马入皇宫。
卫霍千秋业，
浮云万古空。

①渥海，指渥洼。西汉时传说西域渥洼出天马，后人有认为月牙泉乃渥洼池者。

阳关之一

大碛逐征雁，
回看甘陇津。
离人多折柳，
闺梦少书宸。
断垒依稀灭，
残烽宛若尘。
阳关三叠唱，
一唱一伤神。

阳关之二

报国男儿梦，
封侯过眼痕。
阳关歌不尽，
古赋韵今存。
怀远望秋雁，
思亲盼倚门。
孤台悬汉月，
泠泠照诗魂。

阳关之三

长城望不断，
一曲醉三觥。
瀚海沙如雪，
阴山草色菁。
极边屏四郡，
绝塞列千旌。
毳帐将军泪，
阳关第一声。

逢宁夏自治区建立六十年

黄河肥一套，
塞上小江南。
银卫通蒙藏，
固盐邻陕甘。
生繁多族美，
乐业众民涵。
花甲逢今日，
花儿歌正酣。

观贺兰山岩画

苍苍横朔漠，
积雪万寻巅。
开辟鸿濛远，
穷文岁月湮。
青岩权作纸，
刻画且为传。
谁识先民意，
无言只问天。

西夏王陵

穹庐千帐列，
党项继柔然。
并世三分鼎①，
称雄二百年。
贺兰屏北漠，
河套富南川。
荒冢残阳下，
黄沙接朔天。

①指当时宋、辽、夏三国鼎立。

沙坡头望黄河

卷地惊沙起，
明驼队队长。
昆仑龙脉至，
平野水声昂。
极目奔秦晋，
回头远陇凉。
三门铜瓦下，
指日到家乡。

湘江感怀

斯地惟才盛，
千年问治亡。
屈原沉楚浒，
曾左振清潢。
慷慨多奇气，
英行有侠肠。
九嶷云水阔，
浩浩满湖湘。

长沙感怀

邹鲁脉涓涓，
湖湘又一巅。
明经求致用，
天下以身肩。
任事凭劳瘁，
立言昌道传。
百年看我夏，
青史着先鞭。

注：晚清积弊丛生，有识之士讲求经世之学。湖南兴起经世一派，以罗典、贺长龄为代表，以至人才能臣辈出，远迈他省。曾国藩、左宗棠、陈三立、谭嗣同乃至郭嵩焘、陈天华无不光耀史册，及至近现代更是灿如星河，故而有“一群湖南人，半部近代史”之说，信有由矣。

柳梢青·橘子洲头

万里清秋。潇湘夜雨，古渡凝眸。岳麓西屏，星城东展，湘水长流。　　胸中千古悠悠。看楚地、风生雨稠。凤翥衡山，龙飞洞泽，大吕箜篌。

爱晚亭

爱晚亭边看晚晴，
泉鸣双涧觉凉生。
秋深红叶千山醉，
五百夭桃今长成①。

①爱晚亭位于湖南长沙岳麓山，亭上有联曰："山径晚红舒五百夭桃新种得，峡云深翠滴一双驯鹤待笼来。"

岳麓书院

潇湘洙泗溯先贤，
敬一正心真性传。
经世济民图致用，
有材惟楚柱擎天。

马王堆汉墓博物馆

汉家仪轨葬泉埃，
三界旌幡寄重哀。
竹帛斑斑留信史，
浏河水绕马王堆。

陈天华

秋风苦雨志难酬，
热血一腔争自由。
警世钟声犹在耳，
何时唤尔猛回头[1]？

①陈天华著《警世钟》《猛回头》，当时名噪天下。

谭嗣同

三户同仇誓灭秦，
此头可断醒沉沦。
殷殷血洒南天碧，
屈子湘灵又一人。

陈三立

学醇思峻正源持，
三代风云国士姿。
气结衡湘南楚客，
低吟浅唱散原诗。

注：陈三立为湖南巡抚陈宝箴之子，近代史学泰斗陈寅恪之父。少时倡导新思想，与谭嗣同等人并称“维新四公子”。晚清同光派诗坛领袖，被称为“中国最后一位传统诗人”。有《散原精舍诗》《续集》《别集》行世。

凤凰古镇

石板青青永靖城，
角吹五寨满边声。
竹楼吊脚千灯放，
忽忆无愁玉爵倾①。

①无愁，指黄永玉，黄先生曾写有长篇小说《无愁河的浪荡汉子》。2010年黄先生到济南，曾遇宴于朋友处。

凤凰瞻沈从文故居

沱江天上水，
生此净莲奇。
烟雨钟灵地，
边城美胜诗。

沱江泛舟观两岸吊脚楼

蜿蜒沱水远，
气渐万山秋。
俯势飞檐下，
龙腾夺翠楼[1]。

①夺翠楼，兀立沱江之岸，据云为黄永玉先生故居。

望衡阳

衡阳秋暮望中赊，
何处竹篱彭帅家[1]。
了却君王殿堂事，
月明夜静写梅花。

①彭帅，指晚清“中兴四大名臣”之一彭玉麟，善画梅。

到韶山

千山虬结势如虹，
百凤齐鸣尽望东。
日出衡湘开禹甸，
云蒸霞蔚照天穹。

菩萨蛮·韶山毛泽东故居

水环峰峙升清跸，九成翔凤箫韶集。竹翠后山场，荷塘风送香。　　开蒙南岸塾[①]，少小知忧国。上屋且从云，神州丽日曛。

①南岸私塾，乃毛泽东主席开蒙读书之地。

小阑干·韶山滴水洞

幽谷花香异禽鸣，云雾锁佳城。西方山洞[①]，茂林修竹，虎歇南坪。　　惊涛骇浪闲庭步，魂梦故园行。家山念念，情思何寄，滴水声声。

①毛主席在给江青的信中称滴水洞为西方山洞。

过东湖武汉大学

水净东湖照妙颜，
堆青积翠珞珈山。
弦歌不辍培元气，
秋桂春桃满目间。

登黄鹤楼记

黄鹤今来忆旧游，
江南看遍几多楼。
神驰千载思崔李，
烟锁龟蛇满目秋。

己亥三伏日再至黄鹤楼二首

其一

黄鹤高飞冲九垓，
名楼三至再登台。
烟波草树大江下，
云锁龟蛇待我来。

其二

风流占尽盛唐崔，
太白无诗长叹回。
平仄实虚皆不问，
直陈胸臆自为魁。

武昌怀孟浩然

三楚高天阔，
清江载酒舟。
烟云迷北阙，
犹唱孟荆州。

张居正

江陵烟雨望苍茫，
冷月银辉照玉堂。
功过已非今世计，
幽兰空谷自芬芳。

参观武昌起义纪念馆

旌旗刁斗映疏星，
孤柝清清旧虎营。
伏甲犹听斩蛇令，
开天劈地一枪鸣。

经秭归昭君故里

阴山秋草微，
塞外冷笳飞。
南雁鸣青冢，
千年望秭归。

神农顶

秦巴龙矫走，
蟠屈控荆襄。
盘古浑元辟，
神农百草尝。
一山连四季，
万木傲三荒。
绝磴浮金鼎[①]，
云飞阵阵苍。

①神农顶极峰有青铜鼎一尊。

燕子垭

四围山色对天开，
群岭奔腾鳞鬣来。
万顷苍松如墨染，
猿猱低吼远声哀。

南岩宫

遥望南岩石径斜，
危楼绝壁住仙家。
白云常绕飞升处，
芝耀苍垣噪晚鸦。

紫霄宫

清都殿阁展旗峰[①]，
虎踞龙盘万壑松。
钟鼓灵霄香霭起，
常闻羽士蹑云踪。

①紫霄宫坐落于武当山主峰展旗峰。

武当太子坡

丹台玉阙隐修真，
太子功成赖紫神[①]。
我信琼芝生福地，
武当云气正逢春。

①传真武帝君乃净乐国太子，师紫元君。

戊戌重阳望武当金顶

万壑朝金顶，
丹霞一片开。
龟蛇真武殿，
烟雨众仙台。
翔凤箫声杳，
飞龙霓影来。
遥看云磴绝，
松鹤共徘徊。

上九华

青山扑面乱松迎，
林海雾封望日晴。
盘路穿云临绝壁，
鹿鸣深涧和涛声。

柳梢青·祭奠战友

四十春秋。芳华命断，空剩荒丘。血淡沙场，旗收角咽，渐远烽楼。　此情千里难休。忘不了、南疆一抔。浊酒三杯，一声敬礼，涕泪长流。

注：凭祥建有若干处对越自卫反击战烈士墓，经常可见到参战老战士来为战友扫墓，其情感人。

柳梢青·明江舟上

象桂薰风。初春细雨，一片葱笼。水似青罗，山如碧玉，愧我诗翁。　　瑶池降下天宫。看这等，桃源画中。云漫清江，千岩滴翠，棉树花红。

宁明看木棉

二月早春花已稠，
如霞似火满枝头。
木棉树是英雄树，
直上春风第一楼。

忆一九〇七孙中山镇南关之役

提剑鸡陵气若虹，
欲图雄镇起兵戎。
旌旗连垒收三堑，
矢石亲临催六骢。
塞上残关吹角乱，
东南半壁血流红。
烽台遥望烟云黯，
一柱擎天闻厉风。

看友谊关城楼中越友好展有记

当年兄弟梦长存，
孤耸关楼留弹痕。
惟愿边尘从此靖，
硝烟不到镇南门。

注：友谊关旧称镇南关。

友谊关忆冯子材将军

七十将军胆自豪，
犹能为国著征袍。
台澎马尾耻今雪，
威震南天望钺旄。

法卡山远眺

爱恨情仇此一关，
当年鏖战血斑斑。
杂花片片连青野，
残垒东望法卡山。

龙州起义

腥风血雨志难降，
烽火燎原左右江。
旗竖龙州兵马奋，
南天劲旅世无双。

舟行左江

三月木棉如火稠，
青山叠翠古龙州。
左江堪比漓江好，
水激石奇行画舟。

看花山岩画

峭壁谁人岩画留，
先民乐舞问天休。
左江屏展千年史，
骆越烟云万古收。

看《瓦氏夫人》

八桂男儿瓦氏兵，
东南御寇保千城。
鸳鸯阵列寒倭胆，
铁血秋霜鼙角鸣。

到崇左

秦开三郡岭南平，
汉将屯交第一征。
百族安和崇左美，
万山千水绣春荣。

登甲秀楼

群山拥簇紫云收，
珠结鳌矶甲秀楼。
登阁常惊生蜃气，
黔中大美尽凝眸。

题翠微园

千峰列巘浮松影，
一水环流望玉桥。
斗拱飞檐仙苑地，
翠微佳气绕青霄。

题甲秀楼

南明河上客，
遥见跨虹桥。
鳞窟青云起，
名楼独峙娇。
斑斑铭铁柱，
烈烈树铜镳。
日暮千灯亮，
城头闻凤韶。

参观贵阳孔学堂

翠岭映花溪，
云浮孔学堂。
西南有洙泗，
教化遍苗疆。
悟道阳明脉，
儒传礼乐长。
大成闻玉振，
浩浩满奎藏。

参观铜仁万山朱砂古镇

辰砂古所珍，
墀赤并通神。
定魄驱邪秽，
硃书永色陈。
清开千石汞，
帝葬百川津①。
黔岭丹坑废，
万山其貌新。

①清指巴寡妇清，秦时垄断辰砂开采。帝指秦始皇，骊山墓中以水银灌注百川江河，估计用汞在百吨以上。

登梵净山新金顶

百寻绝壁怯登攀，
一线天开展秀颜。
金顶伽蓝拜弥勒，
忽惊身处白云间。

山花子·铜仁古城（新韵）

城堞千寻倚碧山，西南重镇赖雄关。改土归流天地阔，守湘黔。　　水汇三江东绕去，木楼石街雾云间。春夜阑珊灯火透，动笙弦。

注：铜仁历代为土司制，永乐初率先改土归流。永乐间建府，辖黔东南湘西苗疆。后设贵州。

云台山口占

四面如台斧剁成，
终年云雾万峰生。
早春二月奇花放，
绿浪排天接碧穹。

梵净山口占

梵天净土数名山，
金顶伽蓝缥缈间。
五彩云开弥勒座，
经声佛号武陵还。

注：梵净山属武陵山脉，为佛教名山之一，弥勒菩萨道场。

万卷书岩

经书万卷名山藏，
梵净千年沐佛光。
化得人心皆向善，
世间何处不呈祥？

武陵道上

千山耸峙插苍冥，
众水东流入洞庭。
莫向桃源寻避世，
乡关二月正春荣。

铜仁古城

总镇黔边固圉喉，
嵯峨雉堞拥关楼。
三江涨翠烟横渡，
端的西南第一州①。

①江宗门，为铜仁古城南门。铜仁原为土司制，明永乐年间全国第一个改土归流，故曰“西南第一州”。

云台山径

云台景色胜瑶台，
翠满千川阆苑开。
策杖林中衣袂绿，
清风两袖异香来。

第十卷

山左新声

济南老火车站口占

老站梦中津浦边，
钟声夕照已如烟。
几多名胜化灰土，
一驻长车一怅然。

已亥暑日游彩石镇青龙峪

夏日炎炎到果乡，
清泉溅玉觉风凉。
杂花桃李满坡挂，
山伯捧来邀你尝。

夜游宫·蔡公时纪念馆

负命波谲浪诡，恨倭寇狼残虎戾。出使危城一天死。我山河，北南争，叹国耻。　　忠节垂青史，贯日月浩然之气。抉舌常山成厉鬼。振民魂，佑中华，吞恶鸷。

夜游宫·济南五月三日闻警报（新韵）

警报轰鸣掠过，似又见满城兵火。饮马倭奴污清泺。焚民居，杀妇儿，逞兽恶。　　石碣愁云锁，莫忘此六千亡者。祈愿和平路宽阔。自强心，自强身，铭玉册。

己亥济南春长

寒潮连续至，
萧索冷街人。
难脱冬衣去，
夏来如仲春。

济南忽暖忽寒春候常变

春阳经雨热常收，
今日衣麻明日裘。
闻道坊间调侃语，
忍寒六月供暖楼。

柳梢青·明湖夜雪

雪落无声。明湖薄暮，转瞬空暝。秋柳飞琼，南丰素裹，武庙封扃。　草船一点孤灯。吾与子、茶残酒醒。荡荡中天，风吹乱羽，已觉春升。

注：秋柳、南丰、武庙，指大明湖内秋柳园、南丰祠、真武庙。

行香子·西营路上

太甲崇崇，卧虎葱葱。策杖过、胸荡清风。云川烟雨，尽展春容。看几丛黄，数行绿，一枝红。　浊尘遮目，灵台自净。不了情、且放虚空。心须早悟，身化无穷。对一轮月，诗三卷，酒千盅。

行香子·南山涌泉书院

翠嵌珠镶，画栋雕梁。天降这、阆苑仙乡。新篁听雨，古木凝霜。有一塘荷，半池菡，满园香。　　花开四季，风霜雪雨。尽化成、满院春光。清晖皓月，独照双黄①。览半山缘，望月榭，二松堂。

①双黄，指英永玉、黄苗子，院中牌匾多由二人题写。

吊志摩

才高八斗寿多悭，
一别康桥天上还。
此子知非浑沌物，
北山化尽又东山。

注：徐志摩乘飞机往北平时，失事于济南长清大北山。遗体殓葬于故乡海宁东山。“文革”时墓被破坏，骸骨无存。

四风闸春行

早春四风驻行车，
词韵千年情是家。
风起江南秋塞梦，
云飞淮北汉关斜。
荆山埋玉哭和氏，
楚水摔琴叹伯牙。
谁重平戎存九议，
美芹雄策换胡笳。

注：四风闸，辛弃疾故里。《九议》《美芹十论》为辛弃疾上书朝廷图复中原的建议。

己亥二月十四日雪

春阳渐已滋，
瑞雪叹迟迟。
莫负诗人梦，
新梅绽老枝。

登解放阁

又是中秋月正圆，
城头细柳拂清泉。
谁知戊子英雄血，
阁下汇流漂画船。

注：解放阁旧址为1948年中秋，解放军攻克济南时的攻城突破口处，后建解放阁以纪念。

平阴霸王坟

乌江自刎亦英豪，
东鲁山河犹楚旄。
传首谷城天泣泪，
执戈十万解征袍。

注：霸王坟在平阴王古店，此地乃谷城遗址。当年楚汉相争，天下归汉，鲁地犹为楚守。项羽自杀后，传首谷城，守军解甲。汉高祖厚葬项首于此。

长清广里山

东望长龙万岭间，
地分齐鲁号雄关。
不闻残堞金声震，
广里山头月一弯。

注：广里山为齐长城最西端。

雪后趵突泉

氤氲瑞气罩晨曦，
雪压琼楼砌玉墀。
四季风光冬日好，
泉声十里映冰姿。

平阴胡庄天主堂

四百年来风雨悬，
钟鸣诗唱福音传。
人间信有天堂在，
一片玫瑰一片莲。

注：十六世纪末，西方传教士到达胡庄，胡庄教堂为中国三大天主教圣地之一。

狼虎谷

东奔残甲坠丝鞭，
末路英雄走绝川。
四面箫声狼虎谷，
风摧松壑乱旌旃。

注：黄巢兵败自杀之地在今莱芜。

幸福柳

绿稻荷香已渺茫，
高楼栉比映朝阳。
遥看主席遮荫柳，
华盖青青立路旁。

注：毛主席视察历城北园时驻足之柳保护尚好，已处于大马路之旁矣。

仲宫口占

缥弃函关意气雄，
请缨弱冠壮终童。
流芳南越青齐士，
昌邑名高与仲宫。

注：历城仲宫为汉终军故里。终军弱冠请缨安定南越，后为叛贼杀害，年甫二十，称终童。昌邑，指明交趾太守黄福，山东昌邑人。

望鹊山

孤云耸起大河隈，
冷魄清清照药台。
多少桓侯天不佑，
忌医讳疾后人哀。

注：扁鹊三诊齐国国君蔡桓公，桓公皆不听扁鹊劝谏之言，坚称“寡人无疾”，终误性命。

经华不注山

岱北名山著，
峰尖入碧墀。
华宫尊五帝，
晋马败齐师。
太白吟孤翠，
子昂描峭姿。
兹峰花萼并，
点点尽如诗。

五龙潭口占

五龙潭阔旧城西，
趵突北流烟雨迷。
翼国为民留此鉴，
忠奸美丑且临溪。

注：五龙潭为唐翼国公秦琼旧邸。传说秦琼被诬陷获罪抄家，其宅一夜塌陷形成五龙潭。

登千佛山兴国禅寺

坐望齐烟九点青，
黄河似带接天濛。
清风抚面心生静，
暮鼓晨钟悟世空。

朱家峪

日影斑斑掩石墙，
青苔枯蔓记沧桑。
村头槐柳几番绿，
雪满关东路正长。

注：朱家峪为章丘山中一明清聚落。电视剧《闯关东》曾于此村取景。

珍珠泉

水榭迴廊春柳垂，
桃花灼灼近泉池。
珍珠串串宝光满，
映日照波眩玉璃。

过引黄济青工程渠首

沉沙池水水澄清，
潋滟波光接日明。
一线逶迤龙摆尾，
甘霖东去润青城。

江城子·泥土兄《十里清泉游》水墨地图轰动济南，因赋

七二名泉汇湖明。趵突腾。五龙清。独占繁华、大美赞泉城。十里清泉图景胜，泼水墨，有宗峰[①]。

①宗峰，泥宗峰，即泥土。著名漫画家。

夏日万竹园

万竹园中百草青，
几多旧主叹飘零。
只今唯有画楼月，
夜夜清晖照冷萤。

墨泉

声若沉雷涌似轮，
色凝如墨动心神。
鳌来东海连龙脉，
明水青青一片春。

过平陵城

秋风烈烈过平陵，
想见当年飘战旌。
王莽谦恭东鲁士，
阿瞒此聚青州兵。
龙山苍翠成邦国，
巨野浑茫育杰英。
海色空明衔远黛，
西行已渐问泉声。

途经李开先墓

只识忠君不媚时，
放归中麓山人痴。
文推唐宋少雕饰，
曲度金元多坦夷。
随笔随心村野戏，
常言常意庶民思。
苍凉《宝剑记》犹唱，
自拂龙泉亦展眉。

注：李开先，号中麓山人，山东章丘人。明代著名戏剧家、诗人。《宝剑记》为其戏剧名作。

平阴玫瑰园

春风十里舞柔条，
万顷玫瑰花似潮。
疑是仙山嘉卉降，
满川香气透云霄。

参观莱芜战役纪念馆

山东鏖战费经筹，
强敌挥师欲锁喉。
陈粟长围吐丝口，
前军已捉李仙洲。

经莱芜

汶水烟波远，
牟嬴草木菁。
鲁齐长勺战，
夹谷二侯盟。
冶铁金开监，
炼钢名巨城。
莱芜夸宝地，
雪野一泓明。

戊戌暮秋与建国建华吉乾诸友同游红叶谷

梦里惊秋秋已醉，
千山万壑尽脂胭。
萧萧木叶连江渚，
瑟瑟枫林映碧天。
扑面清风一壶酒，
澄心爽气百条川。
我呼诸老莫行驻，
黄菊如云开满巅。

青岛康有为故居有怀

天涯亡命又天游[①]，
南海扬帆黄海收[②]。
变法公车何足论，
自将功过写春秋。

①康有为生涯最后几年居于青岛，清末代皇帝溥仪赐其居名“天游堂”，康有为悬之堂中，并名府邸为“天游园”。
②指康有为生于广东南海，归骨山东黄海。

八大关

欧风美雨展娇颜，
树绿楼红八大关。
霜染枫林秋色重，
恍如阆苑落人间。

留宴总督府

巍然总督府，
官邸立高台。
海色连天尽，
山光对日开。
盘松随雨动，
石壁历霜摧。
古堡沧桑过，
临风望远桅。

北九水望崂山

齐鲁神山祖，
凌虚刺碧苍。
羽人餐紫露，
秦帝食仙方。
日出群峰染，
月升东海凉。
凭栏望崂顶，
云起雾茫茫。

新建青岛跨海大桥

跨海长桥架彩虹，
勾连青岛接黄红①。
胶州湾里龙游水，
王母银簪落碧空。

①黄红，指黄岛和红岛。

即墨古城楼上

潮海关城雉堞高，
齐东名郡占头鳌。
云横田岛留荒冢，
浪拍雄崖卷碧涛。

注：潮海，指即墨古城东门潮海门。田岛，即田横岛。雄崖，指明代海防重地雄崖所。

暮春过即墨故城

三齐名邑巨，
富庶农商盈。
面海渔盐利，
临河沃野耕。
火牛攻乐毅[①]，
忠义赞田横。
即墨大夫好[②]，
万民享治平。

①乐毅，燕将，率兵攻齐，为田单火牛阵所破。
②即墨大夫，齐国人，姓名失传。齐威王时治即墨有贤声。旧时祀于即墨九贤祠。

胶州有怀

海岱丹青赞四人，
法高焦冷火传薪。
胶州澄月得三璧，
画苑清家说翰宸。

注：清代山东四大画家，胶州有其三，即法若真、高凤翰、冷枚。焦秉贞为济宁人。

胶州怀柯劭忞

翰林日讲供皇京，
总纂清元二史成[①]。
学汇千家夸巨镇，
功高班左耀长庚。

①清元二史，指《清史稿》和《新元史》。

经胶南因赋

琅琊故郡费思寻，
大小珠山碧玉簪。
秋色连云明海际，
秦皇台上有诗吟。

武陵春·游平度大泽山因赋

大泽山高屏北海，众水汇清泉。寺观参差不计年，烟霭拥神仙。　　历代摩崖留绝壁，天下郑碑传。举目葡萄挂满川，紫玉奉仙筵。

山花子·过齐都旧址，稷下学宫当在西城门外

牛岭如屏淄水青，华楼稷下列高庭。百学诸家此沃土，共争鸣。　　荀子三曾为祭酒，东方先哲耀长庚。思辩天人成大道，一源泓。

夜宿沂源县作

海岱名城沂水源，
鲁山苍翠万松蕃。
凭窗星落眺河汉，
织女牛郎恋旧园[①]。

①牛郎织女的民间传说发源于此县。

临淄道上古冢累累

离离衰草下羊牛，
古冢参差蒿目收。
乌鹊南山栖废阙，
苍松淄水伴王侯。
尊周折矢七雄主，
图霸拒秦三世谋。
黄土黯然龟碣碎，
残阳秋气共悠悠。

过新城四世宫保坊

四世坊高铭伟勋，
渔洋馆阁祀忠勤。
新城山左诗文薮，
振玉苍云映日曛①。

①振玉、苍云为两块奇石，原为张养浩园中旧物，现立于渔洋纪念馆。

经高青到博兴

齐侯宫苑广，
青草碧连天。
良驷排千乘，
甲兵卷旆旃。

冬日过滕州怀王铭章将军

夕阳残照旧城隈，
杀敌拼将付劫灰。
死士三千成血土，
川中犹望烈魂回。

过木石镇

木石其名古目夷[①]，
秋风黄叶草离离。
非攻兼爱贤同尚，
廊庙高高对旧祠。

①目夷，为墨子故里。

鲁班纪念馆

南山桧柏拂青云，
北阙雕梁复镂文。
艺作春秋称圣手，
凿锛刨锯与刀斤。

冠世榴园

冠世榴园灵气钟，
如霞似火醉花红。
林遮草径闻经号，
古寺遥遥绿正葱[1]。

①古寺，指青檀寺。

青檀寺

翠拥云蒸望秀峦，
盘根错节古青檀。
寺临万嶂生祥气，
如海松涛入画栏。

书峄城匡衡祠

翠柏笼孤冢，
平沙现旧祠。
偷光夸汉相，
典范汗青垂。

秋深过薛城

清秋行薛郡，
黄叶落千巅。
夏禹封奚仲，
轩辕一脉传。
相齐三国睦[①]，
佐政四君贤。
繁盛今何觅，
荒城映暮烟。

①指孟尝君相齐，与韩魏交好而拒秦之事。

游台儿庄湿地留赋

野潦沮如依旧廓，
浮萍苇荡傍洳河。
汀洲孑立孤飞鹭，
草甸双栖交颈鹅。
朗朗天青初雨洗，
粼粼水碧泛晴波。
沙明岸阔好生处，
大泽而今少网罗。

夜泊台儿庄

座中玉指动筝弦，
婉转歌喉载酒船。
江北秦淮同月色，
胭脂流水到幽燕。

垦利华滩万亩葵花

华滩荒野著新裳，
万亩葵花列阵长。
一片金波连碧海，
含英朝日不争芳。

抱犊崮

沂蒙多少崮，
此崮世皆知。
山峻千寻险，
巅平万丈奇。
临城风雪劫，
天下震雷危。
日落看金顶，
苍鹰击断崖。

利津黄河三角洲保护区

大河东注水茫茫，
两色锦绸蓝与黄。
百鸟生繁遮海口，
铁门关外彩云长①。

①铁门关，原址在利津大清河入海口，今已湮灭。

广饶刘集村保存首版《共产党宣言》

小村藏至宝，
首版贵《宣言》。
鲁北星星火，
传薪铸党魂。

广饶柏寝台

齐侯临少海，
柏寝起高台。
山色明青黛，
泱泱东野开。

采桑子·东营生态巨变

土黄碱白连苍海，草也难生。树也难生。沙漫风摧见秃城。　　恍如仙境临河口，天地青青。街市青青。身至东营一梦惊。

再至孤岛植物园

当年创业共艰辛，
转眼沧桑半百身。
傲雪凌霜等闲过，
根深叶茂骨嶙嶙。

注：此植物园中树木皆孤岛创业之初所栽，今已虬干蟠屈蔚然成林矣。

黄河口

息壤携流入海探，
横涂竖抹赤黄蓝。
长河落日惊神手，
天水相连三尺三。

注：黄河入海，黄蓝碰撞，惊心动魄，滩涂碱蓬，一片血红，造化神秀，叹为观止。

蓬莱君顶酒庄

三山浩渺渡无槎，
一片青云一片霞。
香透金樽迎远客，
八仙行处酒旗家。

烟台旧领馆区咖啡馆闲坐

依山面海掩参差，
犹记烟台开埠时。
风拍西窗百年远，
恍然若梦看华夷。

龙口怀徐镜心、丁佛言①

黄邑人文薮，
东莱地杰灵。
反清推首义，
千古忆徐丁。

①徐镜心、丁佛言，皆为龙口人，在日本参加同盟会，辛亥之役起，首先在山东起义。

莱州文峰山记

东莱灵气聚文峰，
丹壑秋深赤锦封。
神品形魂藏道谷，
郑碑如岳万家宗。

过莱州作

掖水北流当利城[1]，
三山岛上望潮生。
丹霞碧海壶天尽，
身在仙台叩玉京。

①莱州，为古当利城。

望莱山

秦皇封月主，
旧寺可曾存。
当此中秋夜，
清晖更动魂。

参观王懿荣纪念馆口占（三首）

其一

识得遗文出药藏，
便从刻画认殷商。
雾开洹水烟云远，
孔壁竹书同典光。

其二

寇氛日亟战云横，
祭酒登州作干城。
和议空遗杀倭恨，
龙泉壁上向天鸣。

其三

弃城西狩又谁恤，
断阙残旌国子师。
孤井长留天地节，
一腔忠气入丹墀。

戚继光故里吟

一生功业著征衣，
跃马横刀驱岛夷。
匣剑有光归故土，
登州城上照旌旗。

经蓬莱思吴子玉

秀才乱世勉知兵，
一旅雄师定帝京。
信国冰操苏武节，
将军本色乃书生。

注：蓬莱为吴佩孚故里。

莱阳产名梨

沙沃水肥莱岭阳，
五龙河畔美梨乡。
早春树树花如雪，
万果之宗玉帝尝。

海阳地雷战纪念地

寇氛笼罩汉家关，
半岛军民斗敌顽。
处处地雷惊虏胆，
功勋铭刻海阳山。

栖霞果园

红果层层灿若霞，
轻车问圃到山家。
质优赢得更高价，
过海飘洋乘远槎。

山花子·潍坊十笏园观板桥画作

七载知潍宦路艰，此心只为众生欢。留得政声人去后，祀三贤。　　听尽衙斋风共雨，瘦驴空橐望淮安。竹石梅兰情有寄，钓江干。

潍城万印楼

赍志倾财尽蓄求，
一生金石伴高秋。
苦心孤诣留文脉，
风雨犹存万印楼。

坊子德日建筑小镇

恍如临域外，
小镇沐欧风。
石巷花楼错，
穹楼插碧穹。

过寒亭（古风）

有穷夺帝相，
寒浞灭有穷。
弑主义何在，
凄风过寒亭。

注：寒亭为古寒国地。有穷氏首领后羿推翻夏君相，夺取王位。后羿的大臣寒浞又推翻后羿，定都于寒亭。

途经高密

莫言高密美，
秋尽看高粱。
何处知民泪，
寻根东北乡。

初秋道经郑玄祠

潍水环流南岭迤，
文开海右盛东兹。
经传万仞宫墙柳，
千里清秋拜郑祠。

访刘墉故里（四首）

其一　逄戈庄

寻忠驻马逄戈庄，
何处帝书清爱堂？
相府百年无片瓦，
杂花细草自芬芳。

其二　清爱堂展馆

门高海岱盛清时，
父子盐梅相业垂。
金紫莫如民口贵，
煌煌族训百年规。

其三　刘墉墓前

不封不树世家规，
宰相佳城土一帷。
草长坟荒遗范在，
山河荡荡即丰碑。

其四　刘氏宗祠旧址

辞阙南归驿马迟，
家山历历慰乡思。
庙堂高冷江湖远，
灌叟田园看日移。

注：刘墉故里逄戈庄原属诸城，今归高密。

临朐

丹朱封故邑①，
东望穆陵关。
朐邑好山水，
云蒸熏冶湾。

①丹朱，尧之子，封于临朐。今老龙湾附近有熏冶泉。

望沂山

大东陪岳伟①，
沉祭告天鸾。
海岱神针定，
民丰祈国安。

①沂山东麓九龙口有清乾隆帝亲笔“大东陪岳”御碑。

过安丘怀曹贞吉[1]

语多奇气调雄浑，
《珂雪词》名满阙门。
三百年间称独帜，
诗坛望重世同尊。

①曹贞吉，清初著名词人，有《珂雪词》行世。

过王贯山故里作[1]

补弊救偏研《说文》，
折衷一是用功勤。
持平段桂开新径[2]，
大匠开山运斧斤。

①王贯山，即王筠，安丘人，清代著名古文字学家，诗人。
②段、桂，即清代《说文》研究大家段玉裁、桂馥。

昌乐宝石城作

娲皇炼石补苍岚，
剩有瑶琨落碧潭。
疑是灵霄宫阙美，
天光海色宝蓝蓝。

云门山寿字

谁人不羡寿如仙，
徐福长帆何见旋？
衡府南山多圣手，
云门一字照青川。

观龙兴寺出土佛像展

净意澄怀识妙颜，
龙兴古寺看斑斑。
佛心永慧光常在，
暗夜灯明照世间。

寿光途次

（1994年）

马龙车水闹西城，
蔬菜之都天下名。
储运营销通百市，
产销一体共繁荣。

采桑子·尼山圣境

茫茫万古长如夜，子诞尼山。光耀尼山。溯地开天尊圣源。　　四时日月光其德，至觉归元。洙泗归元。俎豆馨香夫子前。

山花子·再谒孔庙

万仞宫墙天地在，金声玉振溯流长。翠柏如龙朝圣庙，御街旁。　　殿宇森森云气绕，奎楼兀兀典重光。一梦杏坛仙乐起，奉千觞。

过曲阜颜子庙

宫墙兀立柏森森，
庙貌庄严日色沉。
七二贤人子为首，
不谋功业只明心。

卜算子·孔林断想

洙泗水之滨，桧柏连云碧。历劫难摧百丈根，万古纲常立。　　智慧照东方，博大容无极。一脉长流系四维，不老吾中国。

与友同游鲁荒王陵因赋

弱冠亲王就鲁藩，
荒唐遗恨旧陵园。
九龙南向烟云远，
明祚方延十八番①。

①明亡后，鲁荒王朱檀的九世孙鲁王朱以海在东南监国，坚持抗清十八年。

望峄山

怪石千寻立，
白云山涧横。
桃花红万点，
玉阙伴霞生。

注：峄山为道家名山，自汉迄清山上道观林立。

峄山道上

梁祝读书传峄阳①，
孤桐琴瑟凤求凰。
残碑断碣没荒草，
情侣双双看蝶翔。

①山有四大书院，分别为峄阳、孤桐、春秋、子恩，传梁山伯与祝英台读书于峄阳书院。

汶上蚩尤冢

兖徐海岱树兜鍪，
大败坂泉亡此头。
七丈青坟生紫气，
阚城之野葬蚩尤。

注：蚩尤冢在汶上阚城之野。坟高七丈，常绕青气。

鲁南行①

轻车望岱东，
草色映晴空。
绿野连凫峄，
青丘接翠蒙。
三皇开混沌，
五帝铸文功。
洙泗奔淮海，
河山万古雄。

①鲁南地区，为中国历史文明发祥最早的地区。伏羲、太昊、少昊、颛顼、帝喾、尧、舜、禹都率部生活于此，留下大量古遗址和传说。

经南旺

南旺蜀山马踏湖，
沟塘虾蟹尽荒芦。
当年水柜济河运[1]，
今日富饶鱼米区。

①水柜，为明初治理运河时由汶上老人白英创设，其原理乃用运河附近湖泊蓄水，调节运河水位。

汶上分水龙王庙题

东来汶水劲，
南北入河行。
济运分流惠，
功高说白英。

过济宁铁塔寺

铁塔接云霞，
风高燕子斜。
漕河樯橹蔽，
千载驻繁华。

太白楼题壁

谪仙万古明楼在，
东鲁湖山处处诗。
五马千金呼买醉，
风流永勒壮观碑。

石门怀李白杜甫

斗转蓬飞能几回，
石门犹记玉樽开。
瑕丘何幸铭诗史，
并世双星耀紫魁。

注：唐天宝年间，李白居济宁。曾与杜甫同游东鲁，并于瑕丘城东石门送别杜甫。

武陵春·泉林

陪尾山名闻海岱，潜脉涌泉林。泗水源头圣迹寻，海色照青岑。　　如水时光无昼夜，教化在人心。紫锦青澜横玉簪，阙里近，几多吟。

卞桥

望柱覆莲唐晚征，
狮龙百戏石雕精。
碧天如洗中秋夜，
看尽卞桥双月明①。

①卞桥双月为泗水一景。

清明过鱼城惠河沿岸梨白桃红菜花金黄

桃梨花放又清明，
千色纷纭映日晴。
一片鹅黄接天际，
烟轻水远望红樱。

谷亭古镇忆旧

漕运繁华成旧梦，
独留古镇暮阳中。
残桥三孔寂寥路，
十八间房商贾通。
丞相囚吟听雨乱①，
元戎勒马望湖篷②。
千年荷水烟波尽，
宁母亭旁书诵融③。

①丞相，指文天祥。文天祥被俘后押解大都（今北京），曾经运河过鱼台，作《发鱼台》诗以表心志。

②元戎，指罗荣桓元帅，1939年在湖西处理肃托事件，曾来到谷亭镇。

③宁母亭，即谷亭镇，春秋时鲁僖公会齐侯、宋公于此。

谷亭镇老运河边忆旧

少岁运河边上住，
白帆数点下苏杭。
日升芦荡轻岚紫，
月落鹰船渔火黄。
沙岸笑声犹在耳，
桥头画阁已沧桑。
长天雁过空无迹，
蒲荻风摇看夕阳。

山花子·西支河看杏花

十里杏花春夜萌，西支河上踏歌声。粉白如云掩楼榭，闹瑶庭。　　风景湖西处处好，似闻船号忆乌篷。一路芬芳桃李渡，拜皇京。

临江仙·西支河桥头[①]

古运清清涵碧水，柔枝夹岸春阑。远山一抹淡如烟。凋零废运后，小镇更悠闲。　　任他落花随流水，湖滨临水凭栏。轻舟点点望南天。鸬鹚逐水戏，秀美赛云间[②]。

①西支河，穿鱼台县城而过，东注于南阳湖。
②云间，指长江下游苏锡常地区，泛指江南。

鱼台文庙

文庙巍然立暮阳，
泮桥碧水映宫墙。
母曾抚幼读书苦，
子亦亭亭入学堂。
小树生材原土沃，
名工修剪盼成梁。
且劳筋骨壮心志，
凿壁程门一盏黄。

注：鱼台文庙，位于今鱼城镇鱼台二中院内。鱼台二中乃余高中母校。

临江仙·鱼台龙虾节

涝洼湖西风物美，鱼肥米糯荷华。稻花香里话桑麻。塘中龙虾跃，舞爪又张牙。　　生态鱼台明水净，河湖沙渚沟汊。船装车载走天涯。潜江盱眙好，味美是我家。

夜宿微山

昨夜宿湖滨，
清风月照粼。
荷塘且独坐，
香气满罗巾。

孝贤阁纪

百善孝为基，
人伦并世知。
思贤追溯远，
建阁正其时。
鱼邑文风厚，
湖西礼义滋。
凭栏且骋目，
凫峄紫云驰。

早秋访凫山羲皇庙

带砺峄山悬，
襟湖水接天。
羲皇遗冢在，
祠庙玉烟传。
任宿鸿蒙据，
诸风延祀绵[①]。
人文尊始祖，
勒石遍千川。

①风姓为伏羲所出，是最古老的姓氏。任、宿皆为今济宁鲁南一带古国。

参观枣庄铁道大队抗日纪念馆

当年杀敌赴戎机，
铁道健儿车上飞。
万古丰碑垂日月，
微山湖水照征衣。

殷微子墓

仁参箕比义承天，
殷有三仁祚不延。
长叹鹿台成一炬，
粼粼湖色照冥田。

微山湖运河水道依然畅通

京杭一线梦魂牵，
舳橹如云首尾联。
昔日繁华今已远，
苇芦片片看楼船。

殷微子墓园有抗战期间驻守日军所立墓碑，竖行榜书“殷微子之墓”，署有“丰田部队”

殷微子墓柏森森，
碑石苍然字漫寻。
血火当年烟散尽，
尊贤四海此同心。

处暑游微山湿地

红蓼黄芦绿苇茫，
白莲处处透微香。
水清沙净禽鸣远，
已觉秋生风渐凉。

虞美人·济宁马坡发现明梁山伯祝英台墓记

人间最重为情债，生死难更改。十八相送暗痴情，谁料香消玉殒隔幽冥。　　天应悯他天垂泪，遗此孤碑碎。峄山苍翠雨凄迷，草长花明犹见蝶花飞。

与培国冠军诸友同游南阳镇

湖光沙渚尽，
古镇忒多情。
南去连吴楚，
北来朝帝京。
龙巡千甲耀，
漕挽万帆明。
石巷闻乡语，
荷风满市清。

生查子·过金乡羊山集

精甲渡黄河，逐鹿中原垒。首战取羊山，右翼伤其臂。　　峰顶石为尘，碧血洇残帜。秋重过山前，号角犹闻吹。

生查子·道经鸡黍集

沃野绿如烟，小镇声名著。范式两年期，张劭呈鸡黍[①]。　　一诺重千金，守信知其举。今古此同心，勒马临风伫。

①范式与张劭皆为东汉太学生，好友，重义守信，传为美谈。“鸡黍之交”典故源于此。

登梁山

芦叶滩头孤雁鸣，
蓼花汀畔小舟横。
梦中水泊终为梦，
风卷寒沙叹一声。

题聚义厅

兄弟缘难卜，
世情多往复。
鬓边添白霜，
酒满有黄菊。

一斛珠·梁山纪游

梁山之上，义旗犹卷中军帐。何寻浩浩烟波荡。卢宋英雄，早已更模样。　　沧海桑田黄土莽。汴京白虎乌衣巷。水波八百新城望。扑面清风，翠气连山漾。

生查子·嘉祥曾庙

南武望江淮①，曾庙森然宅。一贯主心传，忠孝多延泽。　　日省善其身，慎独脱穷厄。思孟道承长，衍作十章籍②。

①南武，指南武山，曾庙在山之阳。
②十章，指《曾子十篇》。

生查子·武氏祠

武氏庙祠巍，高阙汉家石。神话帝王图，百姓生活迹。画像叹神工，举世珍如璧。瑰宝匮青山，永载千年册。

陶山四章[①]

其一

泛舟离越去，
缥缈水云间。
大路通关陕，
千金三致还。
陶朱生北地，
文种死西山[②]。
古寺听松籁，
残碑字字斑。

①陶山，在肥城县西北，传为越国大夫范蠡隐居之地，山上有范蠡祠墓和西施墓。

②文种与范蠡同为越国大夫，助勾践灭吴，后为勾践所忌，伏剑而死，葬会稽西山，后改“种山”，今绍兴卧龙山。

其二

幽栖名世久[1]，
此寺旧为祠。
弃越扁舟远，
浮齐致富赀。
赤松歌汉赞，
李相叹秦碑。
忠智一人耳，
千年瞻伟仪。

①陶山有幽栖寺，原为范蠡祠。

其三

陶山真福地，
灵秀似蓬瀛。
古柏青松翠，
奇花异鸟鸣。
归湖生紫气，
三教共欣荣。
化世同心志，
优游正道行。

其四

江海逐浮名，
谁人尽性情。
功成吴水远，
身退越山菁。
少伯缆舟岸[1]，
西施浣绣缨。
芒鞋歌啸过，
诗酒慰平生。

①少伯，即范蠡。

访剪云山

泰岱西余脉，
蜿蜒留废城。
持旄盟夹谷，
秉礼退莱兵。
龟郓阡陌广，
汶阳沃野平。
山深松柏劲，
何处旧盘营？

注：剪云山，在肥城西北，古称夹山，传为齐鲁夹谷会盟之地。时孔子为鲁相，在会盟之时据礼挫败齐侯，收回龟阴、郓等汶阳之田。

过宁阳东西二疏村，乃汉疏广疏受故里

宁邑双疏俊，
二村且驻骎。
守廉知应止，
延世散余金。
多少宦途客，
何人识此心。
平沙皆汉陌，
晴日照空林。

岱庙汉柏院观汉柏

殿宇嵯峨对岱峰，
丛丛青黛蔽寒钟。
虬枝盘曲如惊鬣，
铁干冲天若怒龙。
阅尽旌幡金辂跸，
典穷大祭昊苍封。
几多兴废空留叹，
松柏惊涛动九重。

斥山游（古风）

东海名山著，
斥山声悠悠。
殷商垂简册，
文皮誉九州。
虎豹毛斑烂，
诸国商贾稠。
日韩东北亚，
梯航千橹舟。
斥山国际港，
交易万金收。
上奉贡皇室，
礼聘奉诸侯。
海阔烟波远，
斥山云隐楼。
今日来斥山，
面貌大改观。
殿宇映金碧，
保皋望两韩。
可惜盛名改，
斥山变赤山。

一片红如火，
史断文明湮。
望山呼奈何，
柱杖只问天。

肥城桃园

实结三千载，
仙桃奉玉筵。
瑶池王母会，
从此不知年。

成山头望海

秦皇祠日主，
汉武祭高台。
东望浮仙阙，
心潮逐浪开。

刘公岛海军提督署怀丁汝昌（二首）

其一

身家皆许国，
马革莫须还。
督署藤花茂，
犹标战血斑。

其二

吞药烈魂徊，
旗山绕炮台。
旌忠碑碣壮，
拍岸浪声哀。

刘公岛有怀

甲午硝烟尽，
铭心国耻存。
天苍闻鼓角，
海碧葬英魂。
东土飞云幻，
恶龙翻浪浑。
今看长剑列，
指日斩枭鲲。

山花子·威海卫收复纪念碑前

七子之歌叹鼎残，刘公岛上角声寒。锁钥京津非我垒，泪长弹。　　今日雄鸡昂首唱，波平海阔望朝韩。万国梯航威海卫，庆安澜。

夜过石岛

车马灯河似水流，
洋房错落满山头。
遥看渔火连星汉，
阵阵涛声上画楼。

小阑干·过莒县

朝日升腾九重山，玄鸟立东原①。张弓渔猎②，爵封莒子，三代千年。　　华城不见杞梁垒③，小白旧宫垣④。川原锦绣，民丰物阜，海隅新天。

①莒山所出土龙山文化时期的陶器上，有先民刻日升山上、玄鸟立于坛上之图画。
②莒为东夷之国，夷，《说文解字》曰：东方之人也，从大从弓。
③杞梁为齐将，攻莒战死，传其妻孟姜女哭坍莒城墙。“孟姜女哭长城”的民间传说即由此洐生。
④齐桓公小白曾在莒为人质。

过日照两城镇

洪蒙初辟国家兴，
聚邑极东称两城。
蛋壳黑陶惊世界，
刻符如画记文明。

考察日照巨峰茶场

南茶北过淮，
日照出名牌。
陆羽知冰绿，
茶经榜再排。

访校经楼

宦海何能安此魂，
文心写就大功存。
鲁侯莒子谁人识，
记取名楼映日暾。

注：校经楼，在莒县定林寺，为刘勰写作《文心雕龙》之处。

浮来山

古寺定林香火稠，
烟云变幻现浮丘。
参天银杏龙蟠固，
翠盖刘郎校经楼。

卜算子·定林寺银杏树

傲立四千年，阅尽人间雨。蠹节霜皮虬柯新，冠复三余亩。　　落叶灿如金，正是深秋暮。说尽文心千代圭，古韵传心句。

五莲山游记

五朵莲花上九仙，
奇松怪石听鸣泉。
祥云起处如来驻，
丘壑丛丛红杜鹃。

崂山作

阿掖山高紫雾缠[1]，
东南砥柱可撑天。
鳌头旗鼓烽墩在，
海上蓬瀛三岛前。

①阿掖山位于崂山区。

卜算子·回沂蒙

最暖百家衣，最美沂河水。最贵乳娘乳汁甜，育我红儿辈。　　最冷您无衣，最痛亲儿馁。最愧儿回娘远行，呜咽思亲泪。

孟良崮

崮顶犹闻杀气萧，
谁人鲜血染征标。
楚歌四面乌骓逝，
名将之花此处凋。

大店

沂蒙强敌后，
大店小延安。
千里东师进，
八年忠血丹。
棋高求本固，
谋远胜全盘。
今我流连久，
斑斑耀史翰。

壬午冬日过穆陵关

齐南称锁钥，
雄镇穆陵关。
犹有残墙在，
重重过雪山。

沂水岸堤纪念馆

抗敌当年战血飞，
男儿仗剑赴戎机。
民心铸就长城固，
明月清晖照铁衣。

与同修登纪王崮

高崖刀斧剁，
登顶雁愁门[①]。
失国亡侯据，
荒台葬野魂。

①雁愁门，为登崮顶小路必经之山门。

浣溪沙·银雀山出土孙子兵法竹简

巨族冠缨夸世家，诸王朱紫满琅琊。南朝烟雨燕飞斜。 晋墓将军埋竹简，兵书千古释疑邪。丘山银雀绽奇花。

浣溪沙·秋日经费县

幔髻青青望海楼，蒙山沂水正金秋。祥云瑞霭满川流。　　忧乐萦心温凉水①，军民抗敌誓同仇。沂蒙小调唱从头。

①费县有温凉河。

生查子·兰陵行

华夏古名城，美酒香兰地。南望向徐淮，北靠依齐冀。　　荀子有政声，礼乐如洙泗。改革变苍山，发展插新翅。

生查子·夜宿郯城

楚越灭莒郯，少昊亡其祀[1]。山色入淮青，落日残碑碎。　　银杏皆千年，阔野多苍翠。歇马走城中，叠雉花盈市。

①莒、郯皆东夷少昊氏之国。东夷国家随着两国的灭亡而消失。

癸巳孟春登蒙山

千仞松鸣望日斜，
龟蒙绝顶满烟霞。
风尘不见长安路，
平野云遮桃李花。

行经诸葛亮故里

沂水南流去，
阳都遗故城。
地灵龙脉聚，
人杰孔明生。
前后出师表，
两朝南北征。
三分功在汉，
陇亩望躬耕。

望蒙山

春尽东蒙道，
颛臾觅旧封[1]。
山青连岱岳，
海阔走蛟龙。

①颛臾城，在蒙山之阳，周封，风姓，主祭祀蒙山之事。

马牧池乡王换于纪念馆

世无慈母乳，
幼子怎成梁？
吾辈不能忘，
万千王大娘。

注：纪念馆位于沂南马牧池乡，以纪念抗战时期沂蒙“四大娘”之一王换于老人。

临沭羽山

虞舜当年诛鲧处，
青山一点耀明泉。
牛羊不饮此渊水，
海色天光映秀川。

临沭苍马山

苍马之巅旭日升，
冠山羽客紫云乘。
东南形胜此中尽，
沭水蜿蜒望海澄。

观平邑化石博物馆记

生命何生何又收，
且看化石直昏头。
年从亿记人从万，
多少疑云待探求。

临江仙·戊戌五月过夏津

九派争流归大海，原来禹夏津梁。大河故道纪兴亡。黄沙多蔽日，枯草少春装。　　治水防风千树绿，文明遗产柔桑[①]。千年僻壤变名乡。楼台青掩影，舞榭踏歌长。

①夏津黄河故道古桑树群被列为全球重要农业文化遗产。

乐陵冀鲁边区抗战纪念馆

寇氛南下破幽燕，
抗战旗开冀鲁边。
敌后八年忠血碧，
英雄不朽谱诗篇。

过乐陵忆宋哲元

喜峰战罢又平津，
宁死沙场埋草榛。
一曲大刀全国唱①，
忠魂依旧望边尘。

①1933年，宋哲元指挥国民革命军第二十九军将士进行长城抗战，鼓舞了全国人民。以第二十九军大刀队为背景创作的《大刀进行曲》传遍全国。

菩萨蛮·陵县城头

范阳兵起禄山叛，横行河朔胡兵悍。烽火照连营，长安夜自惊。　　西门犒将士，为国抛生死。城上念孤忠，平原千古名。

乐陵千年枣林

鲁北皆宜枣①，
金丝生乐陵。
千年林蔽野，
香气似云蒸。

①鲁北地区宜植枣。明朝初年，地方政府课民种之。所存古枣树皆明初所植。

禹王亭

夕照如金古具丘[1]，
洪荒水泛漫天流。
禹王亭上千秋祭，
功在河山画九州。

①具丘，位于禹城县。大禹治水时登临留驻之地。

过平原

平原津渡秦皇死[1]，
三义停骖先主生[2]。
西望桃园风乍起，
龙门高耸刺天清。

①平原津在今平原县西南，秦始皇东巡返咸阳时渡平原津而病，死于沙丘。
②三义指刘备、关羽、张飞。

武城途次

卫漳沃野绿平畴，
文运昌荣胜武州。
策对伏伽魁众士[①]，
首标青简占鳌头。

①伏伽，即孙伏伽。贝州武城人（今河北省衡水市故城县），唐代第一科举状元，也是我国历史上记载完备、有据可查的第一个状元。

时传祥纪念馆

世清何吝一身脏，
岗位平凡荣亦光。
境界高低看奉献，
人人争说时传祥。

道经齐河

古邑名传晏子乡，
连云新市起河阳。
海洋极地欧风美，
生态文明改旧装。

庆云县作

乐安旧郡望潮平，
龙岭卿云五彩生。
古鬲津城残照晚，
金山法寺又钟鸣。

临邑邢侗纪念馆

晚明书法四家英①，
潇洒清雄数少卿②。
勒石来禽十七帖，
书坛临邑百年名。

①晚明四大家为董其昌、米万钟、张瑞图、邢侗。
②少卿，即邢侗，官至陕西太仆寺少卿。

与友人过陵县观颜鲁公碑

地重东方朔，
名扬颜子碑。
平原为国守，
真楷万年规。

道经阿井①

太行潜脉地中来②，
济水源头龙眼开。
阿井千年流不尽，
明胶盛世上高台。

①阿井，在今平阴县东阿镇。井水水质清冽，为熬制阿胶用水。
②《本草纲目》载，济水自太行山东来，潜伏于地中，至东阿诸泉而涌出。

夜宿高唐

齐疆肸子镇西陲①，
绵驹乙瑛贤有碑②。
文脉传承今永继，
苦禅大石庆开枝③。

①肸子，即田肸，为战国时齐国名将，守高唐。
②绵驹，春秋高唐人，音乐家，古代十二音神之一。乙瑛，东汉高唐人，鲁相。曲阜孔庙有乙瑛碑，为书法名碑。
③苦禅大石，指著名画家李苦禅、孙大石。

张自忠将军纪念馆

杀敌喜峰留血痕，
平津忍死向谁论？
沂徐随枣关山渡，
报国殉身忠气存。

临清鳌头矶

帆樯如蚁古鳌矶，
北望京华鸿雁飞。
烟火城中万家富，
鲁西重镇盛名归。

宛园

阆苑楼台百卉繁，
壶中天地武陵源。
运河一脉苏杭近，
不若临清美宛园。

过景阳冈

榛莽丛丛秋草黄，
心惊恶虎密林藏。
若无行者英雄气，
大好河山尽景阳。

狮子楼

当年斗杀西门庆，
英气常随水浒留。
阳谷县中多胜景，
风风雨雨满名楼。

红庙冀鲁豫边区党委遗址

旗开冀鲁豫，
钢铁范朝观[①]。
抗日风霜苦，
中原战血丹。

①范朝观，指抗日时期的根据地范县、朝城、观城。

莘县三槐堂记

士林首屈三槐堂，
科甲相连继世长。
纬地经天藏锦绣，
行仁积善望云潢。

注：莘县王氏，宋代以王旦为首，科甲连第。称三槐王氏。

莘县观城野猪林旧址

人说野猪藏密林，
沧州道上悚人心。
汴梁因有高俅在，
乱世方多鲁智深。

马本斋纪念馆有怀

老母严词斥敌睚，
子承娘志斩狼豺。
回民支队旌旗奋，
铭记英雄马本斋。

马陵道古战场[①]

兵车掩旆旃，
孙膑死庞涓。
雾锁马陵道，
黄沙白草天。

①战国齐魏马陵之战旧址。当时为丘陵，两千年间黄河沙土淤积，加上人工改造，今已呈平原模样。

冠县行

冠邑民风烈，
萧萧易水寒。
反清黑旗举①，
灭教义和团。
化养凭春露，
明经重笔翰。
鲁西兵马壮，
发展跨雕鞍。

①指1861年宋景诗领导的黑旗军反清起义。

冠县作

烟柳鲧堤绿[1]，
萧城沙草黄。
梨园花似雪，
犹见戏刀枪。

①鲧堤在县西南，传为鲧治水所筑。

阳信万亩梨园

信水川平日影斜，
遥看片片白云遮。
不知雪压枝头冷，
万亩梨园正盛花。

旅次惠民县

三废三兴厌次州[①]，
东南天子气全休。
民间群艺文风盛，
济北名城比鲁邹。

①惠民秦属厌次。厌次为秦始皇镇压东南天子气而置。

惠民魏氏庄园[①]

富贵长安羡未央，
城楼高耸对残阳。
秦宫汉阙今何在，
雾锁烟迷树德堂。

①魏氏庄园建于清光绪初年，是北方著名城堡式庄园，树德堂为其中代表性建筑。

秋日登碣石山

水何澹澹海何青，
魏武临风叹汉星。
草木人生穷达命，
长歌碣石有曹铭。

游无棣贝堤保护区

观潮赶海乐无休，
世界闻名古贝丘。
亲近自然精养护，
天青水碧庆千秋。

沾化冬枣

碱地生良枣，
遍栽洪武中。
名高推沾化，
甘脆雁来红[1]。

①雁来红，乃冬枣中名品。

甲戌春日经董永故里

佣身葬父叹飘零，
千乘故城风亦馨。
孝德如天垂范典，
春明山色草青青。

秋日过东明冤句作

西风起处遍黄花，
秋色如烟笼万家。
壮士魂归狼虎谷，
满城金甲夕阳斜。

注：冤句，在东明县东南，唐末黄巢起义之地。狼虎谷在泰山山脉，为黄巢兵败身死之地。

东明县作

黄河肆虐穷荒地，
二废三兴四省更。
今日昊天迎盛世，
东昏永逝美东明。

注：东明，汉为东昏县，因处黄河流域区，建置二废三置，曾经归属于四省。

定陶汉墓

黄肠题凑暗冥宫，
原是汉家陵树嵩。
空墓长留千古谜，
白沙衰草暮云笼。

过曹县经涂山口占

涂山万国醪，
干戚舞黄旄。
治水九州定，
功开华夏高。

注：涂山，今曹县南土山集遗址。大禹治水成功，受禅为王，在涂山大会天下诸侯，执玉帛者万国。

吊商相伊尹墓

十载耕莘雨，
扶汤日月船[1]。
政平惟厥德，
千古仰先贤。

①伊尹，曾耕于莘野。商汤礼聘其为相前，曾梦行舟于日月之中。

郓城县作

荒塔那堪残月照，
廪丘黄叶雾云横。
押衙心迹苍天鉴[1]，
埋骨沙场兄弟情。

①押衙，指宋江。

葵丘

宗尊周室显春秋，
九合齐桓率列侯。
北击山戎南伐越，
一匡天下忆葵丘。

注：葵丘，位于郓城，齐桓公于此九会诸侯。

过黄泥岗

平野漫漫古道西，
晁吴一劫走黄泥①。
乱松荒草今何在，
犹有残碑留旧题。

①晁吴，晁盖、吴用也，黄泥岗智取生辰纲。

谷林尧陵

求言立木治民贤，
其智如神仁似天。
明德选能开禅位，
谷林松柏葬冥田。

陈台

子建读书处，
陈台留废痕。
曹丕虽为帝，
可有一文存。

注：陈台，位于鄄城杏花岗村西南，乃曹植为鄄城王时所筑读书台。

生查子·冬日过巨野

西狩获麒麟，大野多风雪。七国亚夫平，彭越兵如铁。　　昌邑废王城，冷冷关山月。过此忆弘农[①]，四知留冰节。

①弘农，即杨震，陕西弘农人，汉名臣。他赴莱州太守任时，曾路过昌邑。旧部王密夜献十金，以谢杨震知遇之恩。杨震却之：“举头三尺有神明，此事天知、地知、你知、我知，何谓无知？”此言传为美谈。

巨野金山刘贺废陵

为王为帝又为侯，
身寄南荒添暮愁。
丹陛龙盘何至此，
一声长叹废冥楼。

生查子·成武行

古部乃周封，伯乐相名马。历代遍浮图，处处多经社。　　苦干脱贫穷，旧貌兴新厦。青碧有文亭，盛景如描画。

小阑干·单城忆旧

雄单千年数名州，烟雨旧城楼。沙河晚照，琴台残雪，坊峻云愁[①]。　　少时往事皆星散，魂梦只悠悠。情思绕处，北关桥外，西火巷头[②]。

①坊，指单县城里著名的雕石牌坊。
②单县北关桥外为外祖母娘家，西火巷为外祖家。

菏泽牡丹园戏作

万顷花潮连碧天，
姚黄魏紫斗奇妍。
千娇百媚盛期好，
莫负春光空自眠。

后 记

蒿 峰

修改完最后一首诗，我长出了一口气，终于在2020年新年到来之前完成了《云起楼诗存（续集）》出版前的案头工作。

拙作《云起楼诗存》出版后，受到许多专家学者和诗界朋友的关注。据不完全统计，一年来公开发表的评论文章有十几篇，有的专家教授对诗集给予了较高的评价，给了我很大鼓励。朋友的鼓励促使我回头重新审看《诗存》中的作品，发现一些诗词在格律上存在着不严谨的现象，有的还很严重。差距使我更加刻苦认真地学习和提高，力求更加严格、熟练、灵活地使用古体诗词这一工具来表达自己的内心世界和火热的现实生活。

收入《续集》的作品共800余首。这其中一小部分是旧稿的整理，绝大部分是两年来的新作。自从找到诗词这一表达方式后，我觉得四十余年工作历程中的所见所闻、所学所思、所知所行找到了一个抒发与宣泄的出口。有许多东西要写、要说、要表达，这也是近年来诗词创作的动力之所在。

诗词格律的学习和掌握是一个长期的过程。我是在创作中学习，在学习中修改推敲调整。诗采用的是平水韵，词遵《词林正韵》。已出版的《诗存》有六十余首作品采用了宽韵或新韵，《续集》中这一类减少为十首左右。当然，表达的形式必须服从于要表达的内容。就诗词来说，对形式之美的追求体现在格律的严谨和音韵的明亮协调之中，追求永无止境。《续集》中的作品肯定还存在或轻或重的问题，期待朋友们的批评。

《诗存》共分四卷，是按照律绝和词等不同的体裁而分的。这种分卷方式主要的不便是，同一场景、同一情感状态下所写的不同体裁的作品被人为地割裂，阅读中不断产生跳跃、中断、破碎的感觉。有鉴于此，《续集》的分卷采取以内容为主的方法，共分为六卷，希望更利于读者的阅读和理解。

此书能顺利出版，要感谢李宗健先生在此书的修改中给我的帮助，感谢孙承杰女士在打印改稿中对我的协助，更要感谢山东人民出版社的领导和各位编辑的大力支持和辛苦付出，还有许多朋友在这一过程中给我很多支持，这里一并致谢。

2019年12月20日